― 長編官能小説 ―

美惑のサイン

< 新装版 >

北條拓人

竹書房ラブロマン文庫

目次

※この作品は竹書房ラブロマン文庫のために
書き下ろされたものです。

序章

洋《ひろし》には、それが夢であると判っていた。

幸福で穏やかな気持ちであり、それでいて淫靡《いんび》な感覚が全身を突き抜けている。

洋の比較的大きな掌《てのひら》の中には、白いたっぷりとした乳房があった。

それは思春期を過ぎた頃から、常に洋を魅了し続け、触りたくてたまらない気持ちにさせられる魅惑の物体である。

恐る恐る掌を絞り込むと、恐ろしくやわらかな肉房は、洋の手指をすり抜けるように、柔軟に容《かたち》を変え、しかも他に例えようもない手応えで反発してくる。

「ふ、くぅっ……ほううう……っ」

指先がすべすべの乳肌に食い込むにつれ、朱唇がほつれ甘い息が吐き出された。

(夢なんだ。これは、夢なんだ……。だけど、ああ、だけど……)

ぶにゅん、ぐにゅんと肉房を揉《も》むたび、手指が溶けだす。

「んん……あっ、あふうっ」

ハスキーな鼻にかかる声は、どこかで聞いたことがある気がした。

(誰の声だっけ……？　ああそれに、なんて綺麗《きれい》な人なのだろう！)

憧れの女優に似ている気がする。今気になっているアイドルの面影《おもかげ》にも近いような。

(いいさ、どうせ夢なんだ……。このおっぱいも、目覚めれば消えてしまう……)

洋は手指に力を籠《こ》め、文字通り夢中で揉みしだいた。唇を窄《すぼ》め、赤くグミのように色づいた乳首をしゃぶる。

ふかふかおっぱいに顔が擦《こす》れ、すこぶる気持ちがいい。しかも、乳肌の甘い匂いまでもが、興奮をこの上なく煽《あお》ってくる。

まったく女性経験がないのだから、洋のそれはエロDVDなどの見よう見まねにすぎない。にもかかわらず、女体には蠱惑的《こわくてき》な激震が走った。

「柔らかくていいおっぱいですね、奥さん」

揉みしだいている乳房が、ぷりぷりぷりっと音を立ててひとまわり大きくなった。

(奥さん？　ああ、この人は人妻なんだ……)

こんな美しい人妻に知り合いはいない。設定が、しっちゃかめっちゃかなのも夢だから当然だ。

「洋さん。もっとよ、ああ、もっとしてぇ……っ！」

成熟した乳房が、洋の指の間でほぐれていく。形を変えるたび、甘い痙攣《けいれん》で女体は応えてくれている。

「はううっ、んくっ、んっ、んふううっ」

我ながら巧みと思える指技で乳首をとらえ、乳房を揉みほぐしながらもその先端の突起を刺激する。まるで青磁《せいじ》のようにすべすべの肌が、貪欲《どんよく》に反応を示している。

むにゅんと揉み絞るたび熟脂肪が乳頭部分に移動して、いやらしいまでにそそり勃《た》つのだ。その硬くしこった紅蕾を口腔内で、右に左に舌先で追い回す。

歯の先で甘噛《あまが》みすると、またしてもびくびくんと女体が卑猥《ひわい》にわなないた。

「うぐおっ！　お、奥さんのフェラチオ最高だ！　フェラチオってこんなにいいんだ！」

今の今まで上に覆《おお》いかぶさっていたはずの女体が、いつの間にか洋の股間に顔を埋めていた。

艶《つや》のある黒髪を掻《か》き上げながら、清楚《せいそ》な美貌が笑う。

下腹部がじんと痺れ、天を衝《つ》く勃起からゾクゾクするような快感が湧き起こる。

「どうかしら私のお口？　いっぱい気持ちよくなってね……」

凄まじい悦楽だったが、まだ余裕はある。手練《てだれ》の責めにも、若さに満ちたペニスは意外なほどのタフさを見せ、いまだ射精の気配を見せなかった。

「ああん、うそぉ……すごい耐久力なのね……このままじゃ、わたしぃ……」

語尾を媚《こ》びるように甘く掠《かす》れさせ、おんなは大きな艶尻を左右に振った。

(な、なんて、かわいい人なんだ！　超色っぽいし、感じやすい身体だし……！)

洋は腕を伸ばし、たわわな胸元をさぐった。

しっとりと汗ばんだ乳肌が、掌に吸いついてくる。

頂きの先端部を再び手指に捉《とら》えると、指の腹で甘く擦《す》り潰した。

「はうううぅっ！　んんっ、んっ、んんんんっ」

情感たっぷりの艶声は容《かたち》の良い鼻にかかり、色っぽいことこの上ない。

肥大した肉竿を咥《くわ》えつつ、小さな突起を巧みに転がす洋を恨めしげに見上げてくる。

悩ましい上目づかいには、明らかな期待が浮かんでいた。

「気持ちいいの？　おっぱい、いじられて感じているのですね？」

黒目がちの瞳が恥じらいの色を滲《にじ》ませながら、こくりと頷《うなず》いた。

左右交互の乳首責めは、女体に深刻な影響を及ぼすらしい。すっかり勃起してしまった乳蕾《にゅうらい》は、ひどく敏感なのだ。

「ああん……っ！　ご奉仕しますから……どうぞお出しになって……」

紅潮した美貌が深々と洋を喉奥《のどおく》にまで迎え入れる。夫に仕込まれたのであろうバキュームをきかせながら、大きなストロークでカリを強く刺激してくる。指を竿に添えてしごきながら顎さえも連動させている。

「うがあっ、す、すごいです。奥さんのフェラ、気持ち良すぎです」

清楚な美貌からは想像もつかない淫技に、洋は声を震わせた。押し寄せる快感に、自らもせわしなく腰を振る。

「ほううっ！　喉の奥、感じる！　もうわたし、全身が性感帯になっているわ……」

のたうつ女体は、その言葉通り、気をやる寸前とばかりに乱れている。その大人しそうな美貌からは信じられないほどの官能を燻《くゆ》らせていた。

「ああ、奥さん。すごいです。うおっ！　玉袋にまで指を添えて……。ああ、奥さぁん！」

洋の反応が彼女の羞恥《しゅうち》を煽るらしく、女体は激しく燃えあがっている。白い肌を色っぽく上気させ、呼吸も荒くさせている。

「ああ、いいですよ、奥さん……そのままお願いします」

さすがに洋の呼吸も激しくなっていた。張りを増した亀頭粘膜はすでにはち切れそうで、先端の鈴口《すずぐち》からの粘液が量を増して、射精が近いことを伝えていた。

「ああ、射精《だ》すのですね。　なんて、すごいボリューム……こんなに大きくなるなんて！」

膣奥深くに、この肉竿を呑み込んでいることを想像したのか下腹部をモジつかせている。身体の奥底までも満たしてくれる充実感を求めて、膣奥を脈動させているのだ。

「ああ、今これを挿入《いれ》られたら、わたし……」

つぶやくような言葉こそが、彼女の本音。清楚で美しい人妻が、心から自分を求めてくれていることに洋は感動した。

夢であると承知しつつも、彼女への愛情が込み上げてくる。

ふいに場面転換が起きて、洋は彼女と熱いキスを交わしていた。

抱き心地の良い肉体を思い切り抱きしめ、やわらかな唇を貪るのだ。

ふくよかな乳房が胸板にやわらかく潰れるのが心地よかった。

「ほむううう、むふうう、はふうううぅ……っ」

舌を絡める口づけ、互いの唇を舐《な》めあい、熱い吐息を交換し合う。

キスの経験もない洋には、刺激的すぎるくらい刺激的だった。

非の打ちどころのない完璧な女体は、唇を重ねあわせるだけで官能的に身悶えている。

彼女の唇粘膜をたっぷりと堪能《たんのう》しながら、洋の手指は絶え間なく白い肢体を這《は》いまわる。

女体の構造を知識では理解しているのだが、実地には知らない。グラビアやネット、ＤＶＤなどで頭に刻んだ記憶をもとに、人妻の下腹部に手指を運んだ。

しょりしょりっとした感触は、恥丘の土手を覆う繊毛《せんもう》。さらにその下には、ぬるりとした湿地があった。

（ああ、こ、これがおま×この感触……）

儚《はかな》い触り心地の薄肉。洋の指先が少しでも触れようものなら、たちまち女体がびくんと震える。

汁だくの粘膜にツーッと指の腹を滑らせると、自然と窪んだ肉孔に辿《たど》り着いた。

「ふうんっ！　あむううっ、ううっ！」

重ねたままの朱唇からくぐもった喘《あえ》ぎが洩れる。

中指を折り曲げるようにして窪地にあてがうと、ずじゅぶぶぶんと指の付け根までが呑み込まれていく。押し込むなどといった自発的な行為などしなくても、女陰の方から呑み込んでくれるのだ。

「くふううっ、ふぬうううう……っ」

きつい肉圧に中指を絡め取られる。

あっという間に掌底に淫汁がたまった。

（おま×こって、こんなに熱いんだ……！）

挿入した指が射精するのではないかと思うほど、強く締め付けてくる。しかも、比較的長い洋の指をさらに奥へと引きずり込もうとさえするのだ。

「ああん、もうだめぇ、たまらないわ～ぁっ！」

ようやく唇から離れてやると、人妻はどこにそんな力があるのかと思うくらいの強さで、洋の首筋にしがみついてきた。

豊饒《ほうじょう》な肉に溺れる幸福感。充実した想いをぶつけるように、洋は指先を肉孔の中で掻きまわした。

「はおおおおお～っ！」

柔軟な肉筒を攪拌《かくはん》すると、淫妻があられもなく甲高《かんだか》く啼《な》いた。男心をかき乱してやまない牝《めす》の咆哮《ほうこう》に、洋はその顔を捻《ね》じ曲げるようにして、また朱唇を掠め取った。

体の位置を強引にずらし、自らの下腹部を彼女の股間へと運んだ。

「ちょうだい。洋さんのおち×ちん。おま×このなかに挿入《い》れてぇ！」

洋の動きに呼応して、牝妻が大股開きに太腿を開いてくれた。

艶《なま》めかしい太腿に、洋の腰部が挟まれた。

「きてっ！」

人妻が濡れた瞳で求めたのは、猛々《たけだけ》しい肉悦だった。

（ついに初体験できるんだ……。ＳＥＸするんだッ！）

人妻の艶めいた懇願に、もうすでに洋は、現実と夢との境がわからなくなっていた。ただただ渦巻く興奮に身を任せ、腰を押しつけるようにして、一刻も早くと言わんばかりに挿入を試みた――つもりだった。

しかし、猛り狂う切っ先は濡れそぼる肉溝にずるんと擦れただけで、望む挿入は叶《かな》わなかった。

童貞であるが故に、それは思いのほか難しく、パンパンに膨《ふく》らんだ亀頭は愛液のぬめりで滑るばかり。

「いやあぁん、焦《じ》らしちゃいやよ。早く頂戴《ちょうだい》っ！」

艶腰が軽く持ち上がり、洋の剛毛と彼女の繊毛がしょりしょりと擦れた。

あわてて洋は、腰部を引きもどして淫裂に垂直になるように角度を修正した。

（こ、今度こそ！）

勢い込んで押し進めはしたものの、またしても切っ先は、入口粘膜を突きまわすばかりで、上手《うま》く縦渠《たてみぞ》に入ってくれない。

（えっ？　あ、あれ……？　こ、ここじゃない？　でも、あれっ？）

ただでさえ気持ちが急《せ》く上に、催促《さいそく》までされると、さらなる焦《あせ》りを呼び、余計に嵌《は》まらない。

失敗に失敗を重ね、ついには、どうすれば埋まるのか判らなくなった。

間違いなく、女陰はやわらかくとろけているが、それでも洋の分身には、彼女の肉孔は狭すぎるのかもしれない。ぬるりとした感触に亀頭部が滑り、あられもない方へと逸《そ》らされてしまうのだ。

「ど、どうすれば……」

相手は人妻なのだ。素直に尋ねれば、やさしく導いてくれるだろう。けれど洋には、初めての気恥ずかしさもあって、どうしても聞くことができなかった。

「ぐああっ、や、やばい。ち×ぽが痺れてきた！」

亀頭粘膜がぬらつく会陰部《えいんぶ》と擦れあう心地よさに、あっけなく果てようとしていた。やるせないまでのもどかしさが、背筋を這いのぼっていく。

「ああ、奥さん、俺もう……！」

情けなくも泣きごとを漏《も》らす洋を、人妻が甘く詰《なじ》る。

「いやあん。わたしだけ、おいていくつもり？　そんなのイヤよ！」

人妻のしっとりした手指が、洋を導こうとして屹立《きつりつ》に添えられた。

しかし、その手指の感触にも刺激され、射精衝動が全身を貫く。

「ああ、もうだめだ……。で、射精《で》るっ！」

重々しく白濁を溜め込んだ玉袋をきゅんと絞ると、どどっと精液が肉竿を遡《さかのぼ》った。

愛液まみれの肉花びらに、たっぷりと精子を浴びせかけた瞬間、洋は目覚めた。

ぷかりと意識が浮かび上がる寸前、人妻の紅《あか》い唇が慈悲深い微笑を浮かべた。

「まだまだお勉強が足りないわね。もっとおんなを知ることね」

色っぽい眼差《まなざ》しが、そう語っていた。

完全に目を覚ました洋は、まだ下腹部が痺れている感覚を味わっていた。

「童貞だと、夢でもどうすればいいか判らないんだな……」

甘い夢。いい夢だったと余韻に浸りながらも、どこか虚《むな》しさも感じている。

「お勉強が足りないか……。でも、おんなを知るって、どうすればいいんだよ……」

夢精にねとつくパンツの不快さを拭《ぬぐ》おうと、体を起こしティッシュボックスに手を
伸ばしながら、溜息のようにつぶやいた。

第一章　人妻の淫らないたずら

1

日に日に暖かくなる陽射《ひざ》しが、春の訪れを実感させてくれる。木々に目覚めを促すばかりでなく、洋の心をも浮き立たせてくれていた。

（こんなにウキウキする春は、久しぶりだなあ……）

陽気に誘われスーパーからの帰り道を散歩がてらに遠回りして、大河内《おおこうち》洋は久方《ひさかた》ぶりの解放感を嚙みしめている。

それもそのはず、ようやく洋は二年間の暗い浪人生活にピリオドを打っていたのである。

「長かったよなあ、二年だもんなあ……。やりたいことがいっぱいあったのにさ」

けれど、それも仕方がなかったと思っている。司法の道を志《こころざ》したが故に、多少の遠回りにも辛抱を重ねてきたのだ。

「でも、お蔭で法学部に潜り込めたのだから、きっとこれで俺はモテる……」

法学部を志望したのは、モテたいが故ばかりではなかったが、弁護士や検事はモテるとの構図が洋の頭の中にはしっかりとできあがっている。

（けど、待てよ……）

儚く散りはじめている公園の桜に触発されたか、一抹《いちまつ》の不安に洋は立ち止まった。

確かに自分は、司法の道に一歩足を踏みだしたことに相違ない。けれど、あくまでも弁護士や検事の卵となっただけで、その資格を取るためには、はるかに高い壁が待ち受けているのだ。

勉強すること自体には、多少の気鬱はあっても、これまでもこなしてきたことだけに、やり通せないこともないと思っている。問題なのは、その卵でいる間にモテるかどうかは保証の限りではないという点だ。

（でも、そうだよな。卵はあくまで卵で、弁護士でも検事でもないものな……）

キャンパスライフに夢膨らませるばかりで、どうしてそんな肝心なことに気付かずにいたのか、自分でも不思議でならない。

「でも俺は、学生のうちからモテたいぞ！　どうしよう……。そもそもどうして、俺ってこうもモテないのだろう？」

舞い上がっていたはずの洋は急に消沈し、あらためて自らを省《かえり》みた。

自意識過剰ではないが、女性に相手にされない理由が見つからない。人一倍気を使っているので、不潔なわけでもなく、それほど見栄《みば》えが悪いわけでもないと思っている。

これといった取り柄もないが、いわゆる普通の青年ではあるはずだ。にもかかわらず、幾度恋をしても、その度《たび》にアタックしては失恋するの繰り返しだった。

確かに、自分でも惚れっぽいと認めざるを得ないところがあり、高嶺《たかね》の花を追いかける傾向にあることも承知している。それは措《お》いても「下手《へた》な鉄砲数撃ちゃ当たる」ではないが、一度くらい命中してもいいではないか。

ハウツー本やネットなどの記事を読み漁《あさ》り、女性から好感を得るための努力もしているが、一向に成果は上がっていない。

浪人中に恋愛を望むのはどうかと思うが、めでたく大学生になったからには、彼女の一人くらい望んでも罰は当たらないはずだ。

「けど、このままでは、今までと同じ轍《てつ》を踏むだけかも……」

一度襲いはじめた強迫観念は、容易には拭えない。

「どうしよう。どうすればいい……？　何か悪いものにでも取り憑《つ》かれてる？」

これまでがこれまでだけに、むしろ不安はいや増した。

「もしそうなら、お祓《はら》いか……。そうだ、とりあえず神頼みだ。入試も最後は神頼みだったし……。確か、あそこの神様は縁結《えんむす》びの効果もあったよなあ」

思い余った洋は、矢も盾もたまらず、心当たりの神社に足を向けた。

子供の頃には、境内《けいだい》で遊びまわった馴染《なじ》みの神社だ。

自宅のマンションを通り過ぎることになるが、それほどの距離も歩かない。

大鳥居をくぐり、参道となる階段を上ってゆくと自然、背筋が伸びる気がした。

洋の他に数人の参拝客があるものの、賑《にぎ》わっているというほどでもない。かと言って寂《さび》れている風でもなく、それなりの信心は集めているのだろう。

洋は、ひとまず境内の御手洗《みたらし》に足を運んだ。

浪人中も気分転換の散歩を兼ねて、よく参拝しただけあって、作法もすっかり染みついている。

御手洗で右手、左手の順に清め、口を漱《すす》いでから拝殿に昇る。

軽くお辞儀をしてから、お賽銭を入れ、ぶら下がっている鈴を鳴らした。

二礼二拍手一礼。

拍手の後の礼と共に、心の中で願いを述べる。

「たくさんの女性にモテたいとまでは言いません。ひとりだけでも彼女ができますように。どうか、どうか、お願いします……」

神妙な面持《おもも》ちで縁結びをお願いし、深々と下げていた頭をようやく上げた。

本来は、心願を述べるのに長時間拝殿の前を占有するのは迷惑となるため、あまりよろしくないとされている。けれど、神様に対し、丁寧《ていねい》過ぎて悪かろうはずもないと、さらには、是非《ぜひ》とも願いを叶えて欲しいとの思いもあって、ついつい長くなってしまうのだ。

「さて、お願いも済ませたし、おみくじでも引くかな……」

占いなど気にするたちでもないが、なぜかここに来るとおみくじも引きたくなる。

社務所で百円を払い、円柱形の筒状の箱をガラガラと振った。

箱をひっくり返すと、細長いくじ棒が飛び出る。棒の端《はし》には番号が記され、それを巫女《みこ》さんに手渡すと、同じ番号のみくじ箋《せん》を整理箱から取り出してくれた。

受け取ったおみくじは、のりづけされている。

丁寧に、それを剝《は》がして開くと、いきなり大吉の文字が目に飛び込んだ。

運勢の説明に添えられた和歌は、適当に読み飛ばし、とにかく気になる恋愛と縁談の部分に目を運ぶ。

「えーと、何々……。恋愛、叶う。相手に兆《きざ》しあり。発せられる印を見逃さぬよう努めよ、か。相手が発する印ねえ……」

縁談の欄には、焦らずとも必ず結ばれるとある。

縁談はさすがに早い気もするが、必ず結ばれると書かれていて悪い気はしない。

「本当に、大吉、大大吉だ！」

読み飛ばした全体の運勢の欄に、もう一度目を運ぶと、『何事も相手より学ぶが良し』とあり、何となく先日の淫夢が思い出された。

「相手より学ぶが良し。相手の兆し、発する印を見逃すな！」

是非ともこのおみくじに当たって欲しいと願いながら、一言一句を胸に刻んだ。

縁起のよいおみくじは、お守り代わりになると財布にしまい、洋はそれを両掌に挟み込むようにして、もう一度拝殿を拝んだ。

「どうか、このおみくじが当たりますように！」

力いっぱい念じてから、ようやく足を自宅へと向けた。

2

神社を出ると、そこには商店街が連なっている。

その昔は、ここの神社の参拝客を相手に茶屋やみやげもの屋が並び、それが商店街に発展したのだと聞いている。

洋は地元っ子であるだけに、そのあたりの歴史もなんとなく耳にして育っている。

夕刻に近づいた商店街は、平日の割に比較的賑わっていた。

近くに大きなスーパーができ、一時期はここの商店街も活気を失っていたが、最近また客が戻りつつあるようだ。

商店街一丸となった客集めが功を奏《そう》したのだと、まるで自分の手柄のように母が話していた。それを思い出したせいか、自分が今、ここのライバルとなるスーパーの袋をぶら下げていることに、気恥ずかしさを感じた。

何となく今しがたお参りを済ませた神社にも申し訳ない気がして、つい挙動不審に、きょろきょろあたりを見回す。すると、人だかりのできているお店が目に止まった。

近づいてみると、そこは新しくできたパン屋であり、開店セールが催されている。

「ベーカリーショップ〝トング〟か……。そうだ！　パンでも買っていこう」

最近のパン屋らしく、道路に面した側の壁が全てガラス張りとなっている。

さほど大きくもない店の中は、多くの客で押し合いへし合いしていた。それでも地元っ子らしく、少しは売り上げに貢献しようと、洋は店に入った。

(立錐《りっすい》の余地もないとはこのことだなあ。これみんなセールの割引が目当てなの？)

どの客も洋に背を向け、商品を載せるトレー片手に、壁に面した陳列棚に並べられたパンをあれやこれや物色している。

その客の間をぬうようにして、お揃いの制服の店員たちが、入れ代わり立ち代わりに新たなパンを運んでいた。

「いらっしゃいませ」

女性店員のひとりが笑顔で、洋に声を掛けてくれた。

他の店員が忙しさのあまり、ほとんど客に気が回らぬ中、その彼女だけがきちんとした挨拶をしてくれたのだ。瞬間、洋の視線は彼女に釘付けとなった。

(うわあああっ、か、可愛いっ！)

純白のシャツに、ベレーキャップとスカーフ、腰に巻きつけるタイプのエプロンが若草色に鮮やかに統一されている。短めのスカートが茶色で、アクセントとなってものすごく可愛いのだ。

特に、挨拶してくれた彼女は、清らかさが際立《きわだ》っている分、その制服がお似合いだった。恐らくは他の店員たち同様にバイトらしいのだが、他の娘たちが忙しさに半《なか》ばパニック状態である中、彼女だけがやわらかな笑みを絶やしていない。

それが殊更《ことさら》に印象的であり、まるで、彼女だけが光に包まれて輝いているようにさえ思えるのだ。

もちろん、彼女が働いていないわけではない。むしろ、手指の先にまで繊細な心配りが行き届き、丁寧かつ正確に動いている。それでいて、きちんと客に気が配られているのだから、これは一種の才能かもしれない。

(可愛いし、繊細だし、仕草はきれいだし、なんか素敵だなあ……)

他の客がパンにばかり気が向いている店内で、洋だけが彼女を目で追っている。

可憐な印象の彼女には、ひっそりと咲きほころぶ花々に安息《あんそく》を見るような、清楚な美しさがあった。

全体的に小柄ながらも何かスポーツでもしているのか、テニスボールが弾《はず》むようで、微《かす》かに茜《あかね》がさした黒髪のポニーテールがリズミカルに揺れている。

お人形のような小顔《こがお》に、キラキラと輝くアーモンド形の大きな瞳が印象的だ。ほんのちょっとだけ目が離れ気味だが、そこが絶妙な可愛らしさを感じさせるのかもしれない。

鼻腔、鼻翼も、小さくて愛らしい。そこに唇だけが赤く実を付けたようで官能的だ。

さらに洋の目を惹《ひ》いたのはその胸元で、バストの位置がつんと高く、彼女の清楚な顔立ちに似合わないほど白いシャツをふっくらと前に突き出させている。

（もしかして、これも縁結びの神様のお導きだろうか……）

ぼーっと彼女を見つめていると、視線を感じたのかふいに美貌がこちらを向いた。美しい眼差しとぶつかった。絡みあって離そうにも離れない視線。その実、目と目が合っていたのは、三秒ほどの間であったのかもしれない。

それをふっと外したのも、彼女からであった。会釈をするように、やわらかく視線が切られたのだ。しかも、その後の彼女の表情が、微かに恥じらいを帯びたようで、長い睫毛《まつげ》がすっと伏せられた。

洋も相当にドギマギしていた。心臓がバクバクと早鐘を打ち、頭の中では高らかにファンファーレが鳴り響いた。

（どうしよう、どうしたら彼女とお近づきになれるだろう……）

フル回転で思考を巡らせたが、その挙句《あげく》導き出した答えは、哀しいかな大量にパンを買うことくらいだった。

3

「あぁ、こんなに大量のパン、どうしよう……。こりゃ、しばらくは三食パンの生活だな」

両手に抱えきれぬほど大量のパンを買い込んだ洋は、それでも彼女から「ありがとうございました」と明るい声で礼を言われたこともあり、舞い上がるほど浮き立っていた。

「でも、またすぐにでもあの店に行かなくちゃ……。まずは彼女の記憶に残る常連さんにならなくちゃな」

洋は、今両親と同居していない。

二年前から仕事で地方に赴任した父に母もついて行ったため、実家のマンションに独り暮らしをしている。

「まったく、浪人生を残して行ってしまうのだから仲がいいよ」

などと口では言ったものの、洋としては、腫《は》れ物に触るような扱《あつか》いをされることもなく、むしろうるさい二人がいなくなったことを喜んだ口だ。

寂しいと感じる時も、掃除や食事の支度が面倒と感じることもあったが、それなりに独りの生活をエンジョイしている。

機嫌よく洋は鼻歌まで歌いながら、ボタンを押してマンションのエレベーターを待った。

丁度その時、入り口にひとりの女性が現れた。

(あ、あれは……)

洋同様、買い物袋をぶら下げた女性は、隣の部屋に住む美人妻、宮内理紗《みやうちりさ》だった。

(うわあ、今日はついてる!!)

オートロック完備の玄関ドアに、彼女は壁の右側に取り付けられた銀色のパネルに向かっている。けれど、両手が荷物でふさがっていて、暗証番号を打ち込むのに苦労していた。

そんな彼女のために、洋は自動ドアに近寄り、体をセンサー部分に触れさせた。

なめらかに透明ガラスのドアが左右に開くと、それに気付いた彼女がエントランスホールに長身のモデル体型を滑り込ませた。

「あら洋くん、ありがとう……」

やわらかなアルトの声が、明るく弾んだ。

洋にしてみれば、こんな美人に名前を覚えてもらえているだけで嬉しい。

「こんにちは……」

洋が笑顔で応じると、理紗もやさしい笑みを浮かべてくれた。

「こんにちは。ちょっと、買い過ぎちゃったみたい。でも、洋くんも、同じね……」

両腕に抱えた洋の荷物を上品な仕草で覗《のぞ》き込む理紗。春らしいカジュアルな服装に身を包んだ人妻は、どこまでも美しい。

「お隣の奥さん、三十を過ぎてるのですって、若々しくて羨《うらや》ましいわあ……」

噂話の大好きな母の情報だったが、どう見ても、この人が三十代とは思えない。

いつも理紗には、洋風のイメージを抱く。どこか南欧の熟《う》れた果実を連想させるのだ。

人妻らしい控えめなメイクは、艶やかでいて上品。くっきりとした二重瞼《ふたえまぶた》が印象的な大きな瞳は、キラキラと眩《まばゆ》いばかりだ。

細い眉、美しく通った鼻梁《びりよう》。赤く熟れた杏《あんず》の実のような唇が官能的に映《はえ》る。

「陽気に誘われて外に出たら、調子に乗って買い過ぎました」

「あら、わたしも一緒。春ってウキウキしちゃうから……」

微笑む彼女こそ、春風のようだ。凛《りん》として清々《すがすが》しく、決して下卑《げび》たところがない。

その装《よそお》いが、そう感じさせるのだろうか。

白いシャツに、くるぶしまでの丈《たけ》のオレンジ系のチノパンという、いたってシンプルな普段着ながら、ビューティオーラに包まれた彼女だから何を着ていても華やかに映る。

彼女を迎え入れる間に、降りてきたエレベーターでは、理紗と肩を並べることができた。

密室の中、ふんわりと甘く漂ってくる柑橘系《かんきつけい》の匂いに、洋は男心をくすぐられる。

「お母様はお元気？」

お隣さんだけあって、母が父の赴任先について行ったことも知っている。

「はい。お蔭様で……」

「そう、ひとりだと寂しいわね……」

ぽつりと漏らした言葉と共に、少しだけ理紗の表情は陰《かげ》りを帯びた。美しい横顔から、すっと長い睫毛が伏せられたのだ。

いつも明るく颯爽《さつそう》としたイメージの彼女に似つかわしくない表情に、洋はすぐに気がついた。

(もしかして、これが印ってやつ？)

いつもの洋であれば、見逃していたかもしれないが、あのおみくじの効果があったようだ。

「割と、独り暮らしを満喫していますよ。うるさいのがいないから」

美人相手に、自分にもこんな芸当ができるのかと内心驚きながら、にっと笑っておどけて見せた。すると、伏せられた瞳が、すっとこちらを向いた。

アイラインに強調されているせいか、理紗の目力《めぢから》は強い。心内を全て見透かされてしまいそうで、気恥ずかしくなる。それでも頑張って、彼女の瞳を見つめ返すと、ふっと目力が緩《ゆる》みやわらかく微笑んだ。

わずか三秒ほどのうちに起きた変化、表情豊かな目元に、洋はただただ魅入られていた。

「そっかあ、そうよね、独りを愉《たの》しむことも大事よね……」

理紗に目を奪われているうち、目の前のエレベーターの扉が開いた。

マンションの廊下をウキウキと歩き、互いの部屋の前まですぐについてしまった。

「あ、あの……。パン！」

愉しい時間にもう少し続いて欲しくて、洋は思いつきを口にした。

「えっ？」

「いや、あんまりパンを買い過ぎたので、お裾分《すそわ》け……。いりませんか？」

洋の好意に、やわらかい笑顔が縦に振られた。

「頂いちゃおうかな……。それじゃあ、お返しに、うちでお茶でもいかがかしら？」

美人妻からのうれしい申し出に、洋はぶんぶんと首を縦に振った。

4

「ちょっと、荷物をウチに置いてきます……」

洋は、大急ぎで荷物を部屋に運び入れ、パンを手土産《てみやげ》に彼女の部屋を訪れた。

「ねえ、洋くん、パソコンに詳しい？」

招き入れられた部屋は、当たり前のことながら洋の部屋と全く同じ間取りだ。にもかかわらず、調度品が替わるだけで、こうも雰囲気が違うものかと驚いた。

何よりも空気が違う。理紗が身に纏《まと》う匂いと同系の香りが満ち、何ともくすぐったいような甘酸っぱい心持ちがした。

「詳しいってほどでもないですが、お力になれるかも……」

謙遜《けんそん》気味に答えたが、そっち方面にも興味のあった洋だから、大概のことは対処できるはずと踏んでいる。

「それじゃあ、お茶の用意をしている間、ちょっと見てくれないかしら？　昨日からなんだか急に、おかしくなってしまって……」

ラブチェアと呼ばれるタイプのソファに腰を下ろしていた洋の前に、ノートパソコンが置かれた。

「ごめんね、こき使ってしまって。主人は見てくれそうもないし……」

毛先を軽く内側にカールさせたミディアムロングの髪を揺らし、忙しくキッチンに戻って行く理紗。そのヒップラインに気を取られつつ洋は、パソコンを立ち上げる。偶然にも、自分が使っているパソコンと同じ機種で、そんなことにも何となく縁を感じた。

「えーと、何か壊れて困るデータとか入っていませんか？」

対面キッチンの向こう側に立った理紗に尋ねると、清楚な美貌が左右に振られた。

「うーん、インターネットで検索したりするのが主だから……。写真とか音楽とかのデータもそんなに惜しいものは……」

小首を傾《かし》げて思い出す理紗に、洋は頷いてみせた。

「スティックメモリーがあるので、一応、バックアップを取りますね。いいですよね？」

カバンの中からスティックメモリーを取り出し、理紗にかざした。

「うふふ。お願いします」

幸いにもパソコンのトラブルは、それほど難しいものではなく、わざわざバックアップを取るほどのこともなかった。

念のためにウィルス駆除のソフトを起動させ、一応スキャンもかけておく。

「コーヒーでよかったわよね？」

トレーに二人分のコーヒーを載せ、理紗が戻ってきた。

パソコンの脇に邪魔にならぬように、人妻がコーヒーセットを並べていく。

「ありがとうございます」

パソコンから顔を上げると、そこには理紗の屈み込んだ胸元があった。容《かたち》のよい丸みが、その重さで白いシャツをより大きく膨らませている。

しかも、大胆に胸のボタンが二つも外されているため、紡錘形《ぼうすいけい》に張ったふくらみが悩ましく覗き見えた。

（うわあああ、おっぱい、やわらかそう！　いや、だ、ダメだ。覗き見は犯罪に近いぞ。まして人妻とだなんて期待しちゃいけない！）

司法を志す身としては、いけないことはいけないと判っている。それでも、洋の視線はそこに釘付けとなった。それほどまでに、その光景は魅力的なのだ。

「砂糖とミルクはお好みで……」

そんな洋の視線など気にする風もなく、理紗は砂糖壺のふたを取り、その脇に置いた。

「おもたせですけど……」

洋が購入したドーナツも添《そ》えられている。

「あ、ありがとうございます」

洋の返事がどぎまぎしたものとなったのは、彼女の胸元のせいばかりではない。そのまま理紗が、ラブチェアの隣に腰を下ろしたからだ。

ふわりと香っていた柑橘系のフレグランスに、理紗の体臭が入り混じり、何とも言えないよい匂いが洋の鼻先をくすぐった。

「どうかしら。なんとかなりそう……？」

まるで洋に甘えるように身体を寄せてきて、パソコンの画面を覗き込む理紗。やわらかな二の腕が、洋の肩口にむぎゅりと触れた。

「だ、大丈夫です。このウィルススキャンが終わったら作業は終了ですから……」

顔を横に向けると、ブラウン系に染められたミディアムロングの髪が、彼女の匂いを振りまきながら、まともに直撃する。

（うわああああっ！　ふ、触れてる肩から溶けてしまいそうだぁ……！）

長そでのシャツ越しに人肌の温《ぬく》もりが伝わってくる。

こんなしあわせ溢《あふ》れる椅子に座るのは、初めてだ。

「うふふ。助かっちゃった……」

薄い肩を軽く持ち上げ、小首を傾げる仕草。大人可愛い理紗に、どんどん心奪われていく。故意か無意識にか、彼女はビューティオーラ全開なのだから、初心《うぶ》な童貞男が翻弄《ほんろう》されるのも無理はない。

（こんな人が奥さんだなんて、ご主人、羨ましすぎるぞ！）

それが彼女の癖なのか、こちらの目を力強く見つめてくるかと思うと、次の瞬間にはふっと外されている。その絶妙な大人のおんなの「間」と「溜め」に、他愛もなくやられてしまうのだ。表情豊かな目元にただただ魅入られるばかりで、言葉も忘れてしまうほどだった。

もちろん、洋の視線に理紗も気がついている。気付いた上で、何も言わずにいてくれる。

普通を装って、砂糖壺から自らのコーヒーカップに砂糖を入れ、さらにミルクを少し。それをかき混ぜるスプーンを弄《もてあそ》ぶようにしながら、恥じらうような艶めいた微笑を浮かべている。

「わたし、これ、頂いちゃおうっかなぁ……」

白魚《しらうお》のような指が、お皿に置かれたドーナツを摘《つま》み取り、美しい口元に運んだ。

朱唇があんぐりと開くと、白い歯が清冽《せいれつ》に輝いた。

はむんと、ドーナツを頬張《ほおば》る理紗は、少しおどけて見せているが、にもかかわらずどことなく官能的に映った。

「あら、このドーナツ美味《おい》しい！　どこで買ったの？」

ごく自然に洋の太腿の上に、理紗の掌が置かれた。

理紗の無防備に見える行動は、無意識のものなのか、はたまた奔放な小悪魔のなせる所業なのか。

懸命に印を見逃さぬよう、注意深くしていた洋でも判別できなかった。

光り輝く表情に赤みが差した様子に、ますます洋はどぎまぎしながら、オープンしたてのベーカリーショップを教えた。

「ふーん。今度わたしも行ってみよう……」

何気なく下げられた理紗の視線が、一点に集中した。

（ああ、やばい。みつかってしまった……）

あまりにも悩ましい人妻の存在そのものに、洋は完璧に絡め取られている。その当然の帰結として、牡《おす》の反応を止められずにいた。ジーンズの前が、膨らんでしまっているのだ。

ラブチェアの隣に座る理紗が、あまりに洋に密着し過ぎていることもあり、そのふくらみを隠せないことはおろか、掌が太腿の上に置かれたままのため身じろぎ一つできずにいる。

濃密に押し寄せる人妻のフェロモンと人肌の温もりに、屹立は痛いほどなのにポジションを直すこともできない。しかも、そのことをついに理紗に気付かれてしまっては、童貞の洋の頭の中が真っ白になるのも無理からぬことだった。

（ま、まずい。なんたって、この人は人妻なんだから……。ああ、でも、どうしよう。こんな醜態をさらして、せっかくこんなに綺麗な人とお近づきになれたのに……）

頬や耳がカアッと熱くなるのを禁じ得ない。恥ずかしくて仕方がないのに、それでもなお勃起は収まりがつかなかった。

嫌われるか、呆《あき》れられるか、いずれにしてもこれで理紗は、自分と距離を置くはずだと覚悟した。当然、このしあわせなラブチェアからも人妻が立ち去るものと思っていた。

「洋くんのここ、どうしてこんなになっちゃったの？」

細い人差し指が悪戯《いたずら》でもするように、つんと膨らんだズボンの先端を突っついた。

「うあああっ！」

それほどの刺激ではなかったが、いきなり理紗が触れてくるとは思ってもいなかった。それだけに、大げさな声をあげていた。

「うふふ。敏感なんだ……。洋くんって初心なのね……。もしかして、おんなの人を知らないのかしら？」

悪戯な指先が、今度はジーンズのテントの周りで円を描く。爪を立ててジーンズを引っ掻くようにして、微かな刺激が送り込まれた。

「あの、お、俺、まだ経験なくて……。でも、そんなこと関係なく、宮内さんはき、きれいで、い、色っぽくて……。それで、つい……」

「つい、なあに？　反応しちゃった？　何かを期待したかなぁ……」

顔を伏せていた洋が横目で理紗を盗み見ると、清楚な美貌にはどこかしら興奮の色が浮かんでいるような気がした。

貞淑《ていしゅく》そうに見えた人妻の仮面の下に、大胆なまでに奔放な素顔が潜んでいるようだ。

「こんなに若い男の子が、わたしに反応してくれるなんて、うれしくなっちゃう」

弄ぶようだった指先が、一本から二本に増え、ついには全ての指でジーンズのテントを揉み込む蠢《うごめ》きがはじまる。

「あうっ！　ぐはあああ……。ああ、宮内さん……」

強まるばかりの刺激に、洋は他愛もなく喘ぎを漏らした。不倫をタブー視する理性も、一瞬でちぎれ飛んだ。

「うふふ。これくらいで蕩《とろ》けた顔をするのね。可愛い！　もっと、いいことしてあげたくなっちゃうわ」

杏のような唇が、赤味を増した気がした。年下の男の子を弄ぶ刺激に、心を高ぶらせているのだろう。

「え、あ、うおっ、うわあああっ！」

しなやかな左手が股間部を丁寧に撫で上げ、右手はテント部分を握り締めるように揉んでくれる。

「だって、仕方がないじゃない。まずはこれを鎮《しず》めないとねぇ……。とってもつらそうだし……。せっかくだから、楽しみましょう？」

理性ではどうあれ、本音は、こうなることを夢見ていた。けれど、やはり頭の片隅《かたすみ》に、彼女が人妻である事実がひっかかっていた。それでも彼女の言う通り、性的快感だけを求めあう関係と割り切れば、幾分か気も楽になれる。

心が軽くなった分だけ、切ない刺激がダイレクトに股間から脳天へと駆け抜ける。

「ああ、み、宮内さん！」

「ああん。だめよ。宮内さんなんて呼ばずに、理紗って呼んで」

甘えるような口調にあわせ、女体も詰《つ》め寄り、その肉感を味わわせてくれる。

一気に牝フェロモンが濃厚に押し寄せる。

モデル体型のナイスボディは、骨がないのかと思われるくらいやわらかい。まるで軟体動物が、覆いかぶさってきたような感覚だった。

「り、理紗さん……」

やさしく気持ちを込めて名を呼ぶと、それがうれしいとばかりに女体がさんざめく。

美貌に浮かべた微笑すら蠱惑的な彩りだった。

「うふふ。そうよ。素直が一番得をするの。さあ、たっぷり搾《しぼ》り取ってあげるわ」

「お、お手柔らかに……」

彼女がどこまで本気か定かではないが、冗談には聞こえなかった。

「初めてでも、活きがよくて、硬い……。ちょっと待っていてね」

吐息のように囁《ささや》き、突然人妻が退《しりぞ》いていった。

立ち上がった理紗は、戸棚へと向かい引き出しから何かを取り出した。

洋は、その洋ナシのような腰つきに目を奪われたまま、ギンギンにいきり勃《た》って痛いくらいのペニスの位置をようやく直した。

5

「堅くならなくてもいいのよ。リラックスして。気持ちよくなっていればそれでいいの」

舞い戻ってきた理紗は、ラブチェアに腰掛けたままの洋の太腿の間に、跪《ひざまず》くようにして陣取った。

「うふふ、すごく元気。ずっと勃《た》ったままなのね……」

うれしそうな表情で人妻が、またしても洋の股間に手を伸ばしてくる。器用な手つきでジーンズのファスナーを下ろすのだ。

「ああ、り、理紗さん……」

慣れた手つきでボタンも外され、細い指がジーンズと腰の間に差し込まれた。

「ほら、腰を浮かせて」

やさしく促された通りにすると、洋はまるで子供の如く、パンツごと一気にズボンを脱がされた。

ぶるんと飛び出た肉塊は、恐るべき熱気を孕《はら》んでいた。人妻にたっぷり弄ばれただけに、切っ先からエラにかけてまで先走り汁でベトベトだった。

「ああん、すごぉい！　男の子の匂いがいっぱいぃっ」

今やアルトの声は、愛《いと》しい人に媚《こ》びるかのようだ。

「臭くありませんか？　は、恥ずかしいです……」

不潔にしていたつもりはないが、ぷんと饐《す》えた匂いが自らの鼻にまで届いた。

「ううん。大丈夫よ。男の子の酸っぱい匂い、嫌いじゃないわ……」

「でも、シャワーも浴びていないから……」

「本当に大丈夫。むしろ興奮しちゃうわ！　こんなHなことするのって、久しぶりだもの」

なおも恥じ入る洋を、美人妻は勇気づけてくれた。

「久しぶり？」

「そう。実は、夫とはSEXレスなの。もうおんなの魅力を失ったのかと、寂しい思いをしていたのよ。でも、洋くんはこんなに反応してくれるからうれしくて……」

SEXレスの夫婦が多いことを、洋も知らぬわけではない。けれど、こんなに美しい理紗がそんな悩みを抱えているなどとは、信じられない思いだった。

「理紗さんは魅力的です。最高にセクシーで、こんなに素敵な奥さんを持つご主人が羨ましいくらいなのに……。俺にはご主人の気がしれません！」

心からの本音をそのまま伝えると、はにかむように理紗が微笑んだ。ふっと目力《めぢから》が緩められ、長い睫毛が伏せられた。

「洋くん、本当にうれしいわ……。わたしにおんなを思い出させてくれた君に、いっぱい気持ちいいことしてあげる」

おもむろに理紗がポケットから薄い包みを取り出した。先ほど引き出しから取ってきたそれは、コンドームであるらしい。歯先にそれを咥えると、つっと手指で引っ張りビニールの包装を破った。

さすがに人妻の嗜《たしな》みとして、生《なま》では抵抗があるのだろう。

「これを被《かぶ》せれば、匂いも恥ずかしくなくなるわ」

丸められた薄ゴムの入り口を竿先に被せ、器用な手つきで肉茎全体を覆っていく。

「こんなにおちん×んを硬くさせるなんて、罪作りね……」

準備の整った肉塊を繊細な手指が、ゆっくりとひと擦りふた擦りした。怒張に頬ずりせんばかりの手淫に、ぞくぞくと性の漣《さざなみ》が湧き起こる。

「はぁぁ……。改めて見るとすごいのね。洋くん、大人しそうな顔をしてるけど、おち×ちんは真逆……ゴツゴツしてて熱くて、ほとんど凶器みたい……。勃起力が凄いのね！」

実際、肉傘が破けそうなほどの膨張率に、亀頭部が艶光りするほどだ。

「いやだわ。興奮しちゃう！　こんなに凄いなんて！」

やわらかい掌に包まれ、やさしく握り締めてスライドされ、洋はこれまで味わったことのない快楽に目を白黒させた。

「あううっ。おおっ、ぐふうううっ」

耐え切れず漏らす喘ぎに、人妻が杏のような口唇をあんぐりと開かせて、屹立に近づいてくる。純白の歯列に透明な糸が引いていた。

（ああ、理紗さんが、俺のち×ぽを舐めてくれる……）

やわらかな唇粘膜が、ゴムつきの亀頭部分を挟み込む。徐々に窄められた唇に、ぴちゅんと敏感な部分が擦られた。

「ふぐううううっ！」

牡の咆哮をあげる洋を、艶めいた上目づかいが見つめてくる。

「いやだ、ほんとうに敏感なのね……。たっぷりとたまっているのかしら……」

艶冶《えんや》な眼差しが、長い睫毛にふっと隠れる。再び朱唇が覆いかぶさり、今度はエラ部分まで口腔に導いてくれた。

ほっそりした手指が付け根に絡みつき、やさしくしごいてくれる。空いたもう一方の手指は、皺袋に絡みつき、裏部分まで丁寧に揉み解《ほぐ》してくれた。

「り、理紗さん。ああ、すごい！　最高に、気持ちいいっ！」

たまらず洋は、人妻のミディアムロングの髪の中に手指を挿し入れ、豊かな雲鬢《うんぴん》を梳《くしけず》った。

「オナニーするより、ずっと気持ちいいでしょ」

洋の反応を窺《うかが》いながら、ぷちゅん、くちゅんと丁寧に亀頭部を舐めてくる理紗。生暖かい口腔の感触が伝わってくる。

人妻らしい口淫は、吸いついたり、くすぐったり、裏筋まで丁寧に舐めてきたりと甲斐甲斐《かいがい》しい。

「うぐううっ。ふぐううぅっ。お、おおおっ！　理紗さ～ん!!」

洋は、絶え間なく押し寄せる悦楽を、目を瞑《つむ》り必死で耐えた。美味しそうに肉塊を咥え込む様子を目にしていると、果ててしまいそうになるからだ。

（ああ、理紗さんのいやらしい姿をもっと見たい！　そのためにはできるだけ長く耐えるんだ……！）

幸いなことに、薄いゴムが洋を長らえさせてくれた。もしコンドームが装着されていなければ、興奮と快楽でとうの昔に発射させていただろう。

「ああ、どうしよう。若い男の子にこんな淫《みだ》らないたずらを……。洋くんがあんまりかわいいから、理紗も本気になってしまいそう……」

三十路《みそじ》を迎えた肉体は、おんな盛りに貪婪《どんらん》なまでに熟れている。洋服越しにもナイスボディから、牡を虜《とりこ》にしてやまないエロフェロモンを濃密に放っているのが判る。

「ああん。理紗、濡れてきちゃった……。大人のおんなを本気にさせるなんて、いけないおち×ちんだわ……」

艶っぽい吐息をふりまいてフェラチオしてくれているのが、本当にあの美人妻なのか。また淫らな夢を見ているのではないかと、洋は目を開けて確かめた。

肩先に垂《た》れかかるブラウン系の髪をゆらめかせ、セクシーな深紅の唇を動かしながら、股間で人妻が情熱的な奉仕をしている。冴えた美貌を赤く染め、フェラチオしてくれているのは、まぎれもなく隣人妻の理紗だった。

「ああ、もうだめ……。身体が熱く火照《ほて》るの……」

肉茎に絡まっていた手指がふいに遠ざかると、理紗が手早く自らの白いシャツの前ボタンを外していった。

襟《えり》ぐりからベージュ系のブラに包まれた、容《かたち》のよい白いふくらみが覗ける。先ほど垣間見たよりも、はっきりとフォルムが露《あら》わになり、ものすごくエロチックだ。

「うほおおっ！　す、すっごいナイスバディ！　理紗さん、きれいなんですね……」

洋に見せるため脱いでくれるのだから、遠慮などいらない。正直な言葉を女体に浴びせたのも、そう理解しているからだ。

「うふふ。ありがとう。若い女の子を見慣れている洋くんにそう言ってもらえると、自信がついちゃう」

欲情に濡れた瞳が、キラキラと輝きを増した。

お口だけは相変わらず洋の勃起を含《ふく》みながら、美妻は身に着けているものを次々に脱いでいった。

白いシャツを脱ぎ、チノパンも脱ぎ捨てると、ベージュ系の下着にも躊躇《ちゅうちょ》なく手をかける。女神のような美貌を淫らに歪《ゆが》ませて、純白の垂涎《すいぜん》ボディが露わとなった。

「ああ、若い男の子に見せるのは、ちょっぴり恥ずかしい……」

三十路妻の女体は想像通り、否《いな》、想像以上に熟れきっているにもかかわらず、相当に節制しているのか、キュッと引き締まったナイスバディだ。

「きれいだあぁ……。理紗さん超きれい……。おっぱいも大きいし！」

感嘆の声と共に本音で褒《ほ》めそやす。

「いやあねえ。そんなに見ないで、本当に恥ずかしいの……。それにバストもそんなには、大きくないのよ。Ｃカップだもの……」

Ｃカップと聞くと、確かにそれほどではないのかもしれない。けれど、おんならしい腰の深いくびれが、メリハリとなって大きなバストに感じさせるのだ。

「そうなんですか？　でも大きく感じます。それに、清楚なのにいやらしい感じ……。乳首のせいかなぁ？」

薄紅の乳輪が小さいのとは対照的に、やや乳首が大きく、ぷりんと実った印象を持たせる。それが男を誘っているようで、卑猥《ひわい》に感じられるのだ。

「いやだ、恥ずかしいこと言わないで……。これでも、多少は気にしているんだぞ！」

頬を赤らめた理紗が、羞恥を隠すようにまたしても勃起を咥えてきた。それも、大きく張り出した逆ハート形の見事なお尻を左右に揺らせながらだ。露わにした裸身でも、洋を挑発しようというのだろう。

「洋くん。理紗の身体、触ってもいいわよ……」

口腔内で昂《たか》ぶる洋の肉の反応に、理紗がその欲求を察してくれた。

洋はこくりと頷いてから、恐る恐る白い裸身へと手を伸ばした。

なめらかな背筋に両掌をあてると、女体がビクンと震えた。奔放な立居振舞《たちいふるまい》をしていても、そこにはやはり人妻としての恥じらいや禁忌の思いがあるのかもしれない。

「ああ、なめらかな肌……。すごくすべすべしています……」

昂ぶる思いと共に、洋は背筋をまさぐる。けれど、本当に触りたいのはそこではない。

傅《かしず》いて紡錘形に容《かたち》を変えた乳房に触りたい。そんな洋の想いを知ってか知らずか、理紗の口淫はまたしても熱を帯びてくる。喉奥に洋の分身のほとんどを導きつつ、根元を手指で締め付けられた。

「ぐはあああっ！　ああ、理紗さぁん……っ！」

思いの丈《たけ》をぶつけるように、洋は片手を理紗の胸元に運んだ。温かくてとろけそうな肉丘の感触がたまらない。すぐに両手で乳房を摑《つか》み、握りしめた。

「理紗さん……ああ、最高だよ、これがおっぱいの感触なんですね」

弾力のある双乳が、掌中ではじけるほどにブルンブルンとはずんでいる。初めてなだけに、ぎこちなくも荒々しい愛撫だったが、理紗の鼻先からこぼれる吐息は熱くなった。

「いいです。理紗さんのフェラ！　おっぱいも最高です！」

「ああカワイイ洋くん。好きよ。ウフン。可愛い君が好きっ」

欲情に頰を艶めかせ美人妻が、想いを告げてくれた。

「信じられない。理紗さんほどの美人が……」

あれほどモテたいと願っていた洋だったが、現実となるとやはり信じられない。

秘めていた肉欲が疼《うず》きだしているのか、理紗が自らの太腿のあたりをモジつかせている。陰毛の翳《かげ》りを帯びた股間から、洋を大人に変える牝の匂いが漂っている。

「おち×ちんがつらそうで、かわいそう……。ねえ、射精《だ》していいのよ」

美貌をあげた理紗が、ねっとり濡れた瞳を洋に注《そそ》いでくる。もの狂おしくおねだりする口唇は、溢れる唾《つば》で淫らに濡れていた。

耐えがたきを耐えていた洋だが、ついに興奮が臨界を突破した。

なおも理紗が「射精《だ》して、ねえ、お願い」と鼻にかかった媚声《びせい》で訴えながら、ラストスパートをかけてくる。

射精衝動にヒクつく肉棒の根元を勢いよく指でしごきあげ、美貌を急ピッチで前後するのだ。

「あううっ、射精《で》ちゃいます！　おぐうう、射精《で》る！」

洋はラブチェアの上で、大きくのけ反《ぞ》った。

美妻の口唇に、ぴっちり吸着されながら欲情のしぶきを搾り取られる。頭の中が真っ白になるほどの激しい快楽に、とてつもなく肉棒が膨れあがった気がする。

「ぐはあああああああぁぁ～！」

喉奥からの咆哮を居間に響かせ、夥《おびただ》しい精液を吐き出した。コンドームがなければ、理紗が受け止めきれなかったであろうほど大量に、しかも長く続いた射精だった。

6

「すごい量なのね……。こんな精子を膣内《なか》に出されたら、確実に妊娠しちゃうわね」

ゴムに溜まった白濁を、うれしそうに理紗はためつすがめつしている。

「ねえ、こんなに溜まっていたのなら、まだできるわよね？　今度はHしちゃおうか？　それとも、若い子を誘うようなおんなではイヤ？」

肌の透明度が高いだけに、紅潮させた頬がつやつやと艶めかしい。

「イヤだなんて、全然そんなことありません！　俺、理紗さんが初めての相手になってくれるなら、それで死んでしまっても構わないくらいです」

勢い込む洋に、美人妻が苦笑した。

「だめよ、死んじゃうなんて言っちゃあ……。でも、うふふ。正直でよろしい」

理紗との初体験に期待して、早くも海綿体に血液が流れ込む。それを見つけ人妻は、笑ったのだ。

「そんなに私とHしたいの？　初めてが本当に、わたしでいいのね？」

艶冶に笑う理紗は、途方もなく美しい。思うに洋が心奪われたのは、その抗《あらが》いがたいまでに傲慢《ごうまん》な明るさであるのかもしれない。

「うふふ、本当に、元気なのね……」

理紗が、先ほど脱ぎ捨てたチノパンのポケットから再びコンドームを取り出した。

「ごめんね。ゴムだけは、許してね……」

もちろん、中出しを許さない人妻の慎《つつし》みを責めるつもりはない。それどころか、彼女への感謝の気持ちで一杯だ。

期待だけで、ほぼ硬度を取り戻した肉塊に、再び白い手が及んだ。繊細な指先で薄ゴムを嵌めてくれる。そのこそばゆい作業で、いよいよ分身は一〇〇％の膨張率に到達した。

「うふふ。くすぐったいのかな？　お腹《なか》、ヒクヒクさせて……」

コンドームを被せ終わると、やさしい指使いで勃起を二、三度しごいてくれた。

「気持ちいいのです。理紗さんの手が……」

理紗の柔肌から香水と体臭の溶け合った甘美きわまる匂いが、ほのかに立ち上《のぼ》ってくる。

洋はまるで夢のような気分を味わっていた。その雰囲気といい容姿といい、理紗ほどの極上のおんなが、自分の相手をしてくれることに、やはり現実とは思えずにいるのだ。

「じゃあ、そこに仰向《あおむ》けになって……。初めてなのだから、理紗が上でいいわよね？」

夢遊病者のように、洋は促された通り仰向けになった。

小さなラブチェアの肘掛けに頭を載せ、余った右足は折り曲げて床につけた。

その洋の上に、理紗が覆いかぶさってくる。

(ああ、理紗さんのナイスバディが、俺の上に跨ってくる……)

白く透きとおるような乳房が、洋の上半身に擦りつけられる。

蕩けるような感触に頰を強張らせながら、洋は人妻の抜群のプロポーションをもう一度その目で確かめる。

長身で全体的にスレンダーなのだが、バストといい腰つきといいお尻といい、大胆なセックスアピールに満ちていて、まさに官能美の極致と言えた。

「り、理紗さん……」

「大丈夫よ。理紗がしてあげるから……」

身じろぎをする洋を、理紗がやさしく制した。

覆いかぶさっていた女体が、ゆっくりと持ち上げられる。

「ほら、ここ。ここにおち×ちんが挿入《はい》るのよ」

洋の腰の上で、理紗がカエルのように下肢を折り畳んだまま、左右に大きく太腿をくつろげた。初めての洋にだからこそ、理紗は全てを晒《さら》してくれている。

「理紗さんのおま×こ……」

露わとなった光景に、思わず洋は息を呑んだ。

ひろげられた内腿《うちもも》の肌は青白く抜けるような白さなのに、女陰周囲は楕円形のピンク色だ。唇に似た淫裂は、さらに赤みを増してくる。けれど、赤黒いと言うより濃いピンク色で、決して穢《よご》れた色合いではない。人妻であるのに、経験が浅いと思われる綺麗な色彩だった。

細かい皺が走る女唇はぽってり膨らみ、二枚の鶏冠《とさか》が縦割れを妖しく飾っている。さらに、その下に少し黒ずんだ蟻《あり》の門渡《とわた》りがピンと張り、キュンと赤みの強いアナルまでが目に飛び込んでくる。

「ああ、恥ずかしいわ……」

言いながらも、理紗の両手が自らの股間に伸びた。

両の中指を肉ビラにあてがい、左右にくつろげる。あえかに口を開けた縦割れが、鮮やかなピンク色の濡れ肉を覗かせた。

鮮やかな膣肉の中心に、歪んだ円形の蜜口が見える。ピンク色の筋に似た複雑な形状の内部さえもが丸見えなのだ。

「ああ、な、なんていやらしい眺めなんだ……。でも、理紗さん、綺麗です」

裂け目のピンク色が広がるにつれ、女陰上部の涙形の肉の盛り上がりも目に飛び込んでくる。

　プクリと小さな円形の肉が盛り上がり、その下からクリトリスさえ姿を見せている。やはり理紗も興奮しているのだろう。小さな恥豆が、その顔を恥ずかしげに覗かせるのだ。

「ああ、理紗さん。もう俺、たまりません！」

　昂奮《こうふん》に喘ぐ洋に、隣家の人妻はやさしい微笑を浮かべて中腰の姿勢となった。すっかり怒張した肉塊に、艶めかしく指先が添えられ、自らの肉孔に導いた。

「いいわね、洋くん。挿入《い》れるわよ？」

　洋の方は顔を真っ赤にさせ、爆発寸前の自らの心臓音を聞いている。緊張で身じろぎ一つできず、固唾《かたず》を呑んで、ボリュームたっぷりの尻がゆっくりと降りてくるのを見ていた。

　くちゅんっ、と湿った音が響き、何か温かくやわらかなものが勃起の先端に触れた。コンドームが被されていても、媚肉の熱さは伝わってくる。これから秘孔に挿入するのだというリアルな実感が湧いた。

「うぐ……っ」

「すごく、硬いわ」

洋と理紗は、熱っぽい溜め息をシンクロさせた。

熟妻の艶腰が、なおも下がると、予想以上に締め付けのキツイ粘膜がうねりながら洋のいきり立つ器官を包み、内部へと迎えてくれる。

細かい一本一本の襞《ひだ》が独立して蠢き、亀頭から棹に至るまでを様々《さまざま》な角度からくすぐり、やさしく擦りつけてくる。

(あっ、ああっ……すごいっ、理紗さんの膣内に、俺のち×ぽが入っていくっ……)

ねっとりとぬめる感触は、薄ゴム越しにでも充分感知できた。膣粘膜はとても温かく、まさに別世界だ。それはさながら母の抱擁を思わせる。呑み込まれていく部分から蕩けてしまいそうで、気持ちよくて仕方がない。

「ああっ、洋くん……洋くんが挿入《はい》ってくるっ……」

理紗が漏らした呟きは、久々の結合に対するおんなの悦《よろこ》びを感じさせるものだった。

「う、うぐうっ……」

洋は喉元を反《そ》らせ、何度も呻きを漏らした。生まれて初めて体感する女体の内部に、わずかでも気を緩めると射精してしまいそうだった。

「もう少しよ……もっと奥まで挿《い》れてあげるから……。まだ射精《だ》しちゃダメよ……あ、ああん……ひ、洋くぅんっ……！」

理紗もまた、普段の楚々とした様子からは想像がつかないほど、全身から性熱を放射させている。落ち着いたアルトの声を、淫らに掠れさせながらさらに細腰を下ろしてゆく。

むっちりと張った双尻が洋の下腹部に着地した瞬間、肉棒が付け根まで人妻の内奥に呑み込まれてしまった。

「ああ、挿入《はい》っ……たわ！」

ついに美しい隣人妻を相手に初体験したのだ、という感慨に、洋は全身を小刻みに震わせた。

「ああ、俺のち×ぽが、理紗さんの膣内に全て……」

根元までずっぽり埋没した感覚に、美熟妻と繋《つな》がっている実感が湧いた。自分の分身を優しく抱きしめてくれる柔孔。その感覚は理紗のイメージそのままだ。無数の襞が複雑に絡みつき、膣全体で初体験を祝福してくれている。

「うふふ。童貞卒業おめでとう」

「ありがとうございます。うれしいです。俺、理紗さんとSEXしてるのですね！　な、美しい理紗さんと……！　うおっ、ぐああっ……な、なにこれ、すごいです！　な、膣内《なか》が、ぐあああああ……っ！」

洋の感動が理紗にも伝播《でんぱ》したのか、柔襞がうねうねと蠕動《ぜんどう》をはじめた。ズッポリ根元まで埋まっているにもかかわらず、さらに呑み込もうとするような動きが、律動をしなくともペニスを痺れさせた。

「り、理紗さんのおま×こ、やばいです！　挿入《い》れているだけで気持ちいいっ！」

目を白黒させてうめく洋に、理紗は腰に跨って結合した状態のまま、微笑混じりに艶然と見下ろしている。

「ぐふう、はっく……ほ、本当に、気持ちいいです」

「あら、気持ちいいのはこれからよ？　理紗が一つ一つ教えてあげるわ」

人妻が艶めいた笑みをこぼすと同時に、ゆっくりと細腰を浮かしはじめる。ずりずりずりっと勃起肉がひり出されると、一転してずぶぢゅちゅちゅっと呑み込まれる。

「ぐおおおっ！　ああ、擦れます。ち×ぽが、マン肉に擦れて、超気持ちいいっ！」

挿入だけでも自慰に数倍するほどの愉悦を覚えるというのに、ピストン運動による摩擦感が加わると、蕩けるような快美は何十倍何百倍にも膨れあがった。

「ぐうううっ、あはああっ、ふ、ふうううっ！」

美人妻に翻弄《ほんろう》される幸せ。理紗が腰を高々と上げれば、竿を覆う表皮がコンドームごと上方へ引っ張られ、雁首《かりくび》に熱く擦れる。

逆に、先端部が膣肉から外れそうな位置から、理紗が一気に腰を落とせば、亀頭から付け根までがうねる膣内粘膜に擦られ、真空状態に近くなった子宮口に亀頭部がバキュームされる。

「ああん、硬いのが……洋くんのが、奥まで届くのっ」

快楽を得ているのは洋ばかりではなく、理紗もまた同様らしい。ミディアムロングのブラウンヘアを揺らし、苦悶にも似た表情で喘ぐ。

容《かたち》のよい鼻が天を仰《あお》ぎ、紅潮させた頬が喜悦に強張っている。

(ああ、すごい！　理紗さんが、俺のち×ぽで感じちゃっているよ！)

男にとってこれほど嬉しい光景はなかった。

文句のつけようもないほどの美女が、自らの分身に溺れ官能の表情を見せてくれているのだ。

扇情的な熟妻のおんなぶりに、男の本能に火が点《つ》くのも当然だ。

「あうぅ、んはあぁぉっ」

ひどく悩ましいよがり声を理紗があげた。跨る太腿に手指を食い込ませ、洋が腰をぐんと突き上げたからだ。洋の突き上げと同時に、人妻の膝の力が抜けたかと思うと、亀頭先端部が最奥の肉壁を穿《うが》った。

「ああん、どうしよう。おち×ちん、すごすぎて理紗の方が本気になっちゃう」

長身のナイスバディは、その肉感のわりに驚くほど軽い。洋の腰遣いのたびに、まるで神輿《みこし》のように女体が上下に乱舞した。

「ひあぁっ、お、おぉ……。だめ、はげしいぃ……っ！」

お椀型の乳房がゆさゆさと上下するたび、理紗は首をのけ反らせ天井を仰《あお》ぐようにして、はしたない喘ぎを迸《ほとばし》らせた。

「はうぅっ……お、おふうぅ……だめ、ああ、だめぇっ！」

驚くべき長大さに奥底を擦られ、理紗が息を詰まらせている。洋は洋で、やわらかな肉襞を火のように熱い剛棒で突きまわす。その欲情を張りつめた若牡のたくましさと迫力に、熟れ妻の方が先に音《ね》を上げた。

「ああ、うそっ、理紗の方が追い込まれてる……。イッてしまいそうよ……」

一度フェラで放出させてもらい、さらに薄ゴムのガードがあったため、多少なりとも洋には余裕があった。だからこそ、人妻を絶頂の瀬戸際まで追い詰めることができたのだ。

「ここがいいのですね？　ここを擦ると締め付けが強くなりましたよ……」

パン生地のような太腿にがっちりと指を食い込ませ、夢中で腰を突き上げる。ピンクの肉裂が、勃起を呑み込んではひり出す。その生々しい様子を、洋は熱い視線で見つめた。

裂けんばかりに拡張された媚肉は、理紗がよがり啼《な》くたびにヒクヒクと収縮し、とめどなく甘い果汁を溢れさせている。

「あう……ひうっ、ひぃっ……おぉ……」

絶頂間近の熟妻の声は、ひときわ悩ましさを増している。洋の突き上げに合わせ、貪るように自らも腰を蠢かせている。汗みどろの裸身がバラ色に染めあげられ、ムンムンとおんなの匂いも濃くなった。

「ひあぁっ、ああ、いいわ……洋くんの逞《たくま》しいおち×ちん、最高っ！」

濃厚に牝性をさらけ出す理紗の騎乗位は、まるでロデオのような激しさを見せた。洋もその腰つきに併《あわ》せ、必死で腰を振りまくる。

「理紗さんも最高です。ああ、おんなの人って、こんなに凄いのですね」

自らの乳房を扇情的に揉みしだき、うっすらと熟脂肪を載せた美しい腹部を蠢かせ、熟れ腰をのたうたせる理紗。反り返った硬直を、締りのよい肉筒がくすぐり、すがりついて、うねくる。

「ひううっ、違うわ、洋くんが凄いのよ……。人妻の理紗を、年上のおんなをこんなに狂わせるなんて……」

息の合った互いの律動《りつどう》が繰りかえされるたび、おんなの性を、幾重《いくえ》にも連なる肉層とともに暴いていく。ついには、理紗は嗚咽《おえつ》さえ漏らしながら、鋭角的な顎のラインを際立たせてのけぞった。

「ああ、なんてきれいな貌《かお》をするのです。もうたまりません。なんてセクシーなんだ」

涙目になって欲情に狂う人妻に、洋は右手を伸ばし、美麗な乳房をゆさゆさと押し揉んだ。

「ああ、やっぱり掌が蕩けてしまいそうなおっぱい！」

「あ、ああっ……おっぱいも感じる……」

子供を産んでいないせいか、三十路というのに理紗のバストには、瑞々《みずみず》しい張りがある。肉丘に指を深く食い込ませると、すぐにプルッとはじきかえしてくるほどで、洋はいっそう力をこめて揺さぶった。

あるいは、しこった乳首を指の腹でつまんだり、転がしたりして、ピンク色が濃く色づき、ますます突起するのを眺めては楽しんだ。

「ああん、だめぇ、ほんとうにイキそうっ」

理紗は上気させた美貌を切なげに打ち振っている。

ミディアムロングのボブが淫らに踊る。あえぐ紅唇から白い歯並びがこぼれ落ちた。

「イッてください！　理紗さんのイキ貌を見せてくださいっ！」

なめらかな太腿の裏に鉤状《かぎじょう》にした掌をかませ、ぐいぐいと力ずくで女体を揺さぶる。

「あ、あぁんんっ！　だめえ、ぐりぐりしないでぇ……い、ひっ！」

責めるたび、人妻の蜜部はじっとり熱を帯びていく。温かな潤みとともに粘膜全体がペニスにねっとりと吸いつき、細やかな肉襞は、ひくひくと茎胴を甘く巻き締めてくる。

さすがにコンドームのバリア効果もこれまでだった。つややかな大人のおんなの乱れぶりに、洋は感嘆と共に我慢の限界を感じた。

「あぁ、すごくいいです、理紗さんは、超色っぽいし」

二重瞼や目元をポウと妖しく染めて、理紗はドッと汗を噴いてのけ反った。さらにごんと突き上げると、人妻の上体は洋の上にたおやかに崩れ落ちてきた。

「だってほんとうに、すごいおち×ちん……。ああん、またイキそうっ……」

汗にまみれた乳肌が、洋の胸板で踊る。首筋にむしゃぶりつくように両手を回し、キリキリと総身《そうみ》を絞るのだ。

　甘い匂いが濃厚に押し寄せ、おんなに抱かれるしあわせを洋はたっぷりと味わった。

　肉感的な女体が、びくん、びくびくんと痙攣するたび、膣肉も勃起ペニスを締め付け、けまくる。

「ふあぁぁっ！　くふぅぅっ……。ああ、どうしよう。恥ずかしいくらいイッてる。ねえ、洋くんも射精《だ》して……。理紗と一緒にイッてぇ！」

　赤く色づいた唇が、洋のそれに覆いかぶさった。熱い舌が口腔内で暴れ回る。

　貪るような口づけに、若牡は頭に血を昇らせ、腰の跳ね上げを大きくさせた。

　快楽の入口めがけ、発火寸前の肉棒をズンズン、ズンズンと抜き挿しさせる。

　艶尻だけを持ち上げた人妻の媚肉を、トロトロになるまで突きまくる。

「うっ……うう、理紗さん……うがあああっ！」

　たくましい突きを送り込みながら、洋は獣めいた欲望剝《む》き出しの唸り声を零《こぼ》した。

　凄まじいまでの快楽が洋の血肉をめぐっている。

「ああ、くるのね。洋くん。射精《だ》して、理紗もイクからっ！　おぉ、はぅぅ〜ん」

　理紗の官能の嗚咽が、激しく切羽つまった調子となった。イキっぱなしの女体が、悩ましく痙攣している。

「射精《だ》します！　ぐああ、理紗さん！　ああ、理紗さ〜ん！」

破裂するかと思うほど、亀頭肉傘を膨張させて、洋は最後の突きを送り込んだ。

理紗の媚肉に根元部までめり込ませ、奥底で堪《こら》えていた縛《いまし》めを解《と》いた。

びゅくんっ、びゅくびゅくっ、びゅびゅびゅびゅびゅ〜っ——。

堪えに堪えていた射精感が、背骨、腰骨を蕩かしながら快楽となって突き抜ける。

人妻への思いの丈を乗せた精子は、今日二度目の放出にもかかわらず、どくどくと夥しい量となった。

「うおっ、おおっ、おふあああっ……」

吐精の快感に情けない声が漏れる。初体験の悦びがあらためて込み上げてくる。

（ああ、射精《で》てる……！　人妻のおま×んこで、俺、射精《だ》しちゃってる……！）

その事実を嚙み締めるだけで、愉悦が三倍にも四倍にも膨らんでいく。射精痙攣に肉塊が躍るたび、理紗も淫らにびくびくんとイキ乱れる。

「洋くん、射精《だ》しているのね……。いいわよ。全部、射精《だ》してね……」

洋の精子を全て搾り取ろうとでもするように、媚肉がやわらかくも締めつけてくる。

甘く痺れきったペニスは、凄まじい射精発作を繰り返し、ようやく全てを放出しきった。全身から急速に力が抜け、ドスンと腰部をソファに落とした。

「ああっ、洋くん、すごく、よかったわっ！　理紗をこんなに本気にさせるなんて、悪い人ね……」

しばらく気だるげに洋の上に、しなだれかかっていた女体が、ゆっくりと持ち上げられた。

たっぷりと気をやった美貌は、見紛《みまが》うほど美しく紅潮している。

「本当ですか？　初めての俺でも、理紗さんに気持ちよくなってもらえたのなら最高に嬉しいです！」

感謝の気持ちを込めて、洋は素直な心情を吐露した。

その気持ちが伝わったのか、熟妻は急速に縮んでいく肉竿から薄ゴムを外すと、すぐにやさしく朱唇で咥えてくれた。

「うおっ、り、理紗さん」

肉筒に取り残された精液の残滓《ざんし》を美唇で処理してくれるのだ。

射精《だ》したばかりのペニスは、ひどく敏感でふっくらとした唇粘膜すら、くすぐったく感じられる。

人妻のそのフェラ姿は、初体験の記憶の宝として、その後も洋の脳裏で、くり返し反復されることとなった。

第二章　喜悦のナマ粘膜

1

「ふあああ、理紗さん……」

隣の美人妻と過ごした甘い時間を思い出し、洋は奇声にも似たけったいな溜息を吐《つ》いた。

残念ながら、あれから理紗は、自らの人妻としての立場を思い出したかのように振舞い、洋を遠ざけた。

「洋くんは、若いんだから私よりもっとふさわしい女性がいるはずよ」

常套句《じょうとうく》のような断り文句に、洋は寂しげな表情を浮かべていたのだろう。どこか欧風の匂いを漂わせる人妻は、言い訳をしながらも、元気づけの言葉も忘れなかった。

「ごめんなさい。洋くんのおち×ちん、すごすぎるから一度きりにしないと、理紗の方が溺れてしまいそうなの……」

聞き分けのない子供を諭《さと》すような口調ながら一瞬、頬を色っぽく赤らめたのを洋は見逃さなかった。冗談めかした本音が聞けただけでも、しあわせだと洋は思うことにした。

それでも、理紗ほどの美人とのSEXは、あまりにも強烈な体験すぎて、どこか現実感がないような気がする。それでいて、もう一度したいとの渇きにも似た欲望が、絶え間なく押し寄せてくる。

「もう一度だけでもいいから、させてくれないかなあ……。でも、理紗さんがダメと言ったらやっぱりダメなんだろうなあ……」

脳裏に焼き付いた美しいモデル体型を思い描いては、やるせない思いを募らせる。欲情のあまり、自慰に及びそうになるのを、けれど洋は懸命に我慢した。

ゴージャスな人妻は、ある種、麻薬のようで、禁断症状が飢餓感を持って現れる。反面、理紗との初めてを大切にしたい思いも強く、彼女をおかずに自慰をすることはその思い出を穢すようで憚《はばか》られた。

「ふああ、理紗さ～ん！」

マンションの隣家との壁は、厚いようで薄い。気配や物音が聞こえてくることもなくはない。

それだけに、洋の奇声のような溜息が、遠吠えのように大きなものとなることはない。

大人への扉をやさしく開いてくれた理紗には、感謝こそすれ怨む気持ちなど微塵《みじん》もないのだ。けれど、一度垣間《かいま》見てしまった官能の世界も諦めきれず、その堂々巡りの切なさが、洋をして奇声を発せさせるのだった。

「はあああぁ。理紗さん……。ああ、いけない、いけない！　ため息ばかりついていてもいいことなんてないんだ。そうだよ。あのおみくじを信じて、さらなる印を見つけなくちゃ！」

何度目かも知れない自らのため息に、洋は思い直すように、財布から例のおみくじを取り出し、それに向かって合掌した。

「要するに女性が発するサインみたいなものを見逃さないことなんだ。そうすれば、相手の気持ちも見えてくるし、何を望んでいるのかも判るようになる……」

自分にそう言い聞かせているところに、テーブルの上のスマートフォンが着信音と共に突然震えだした。

「なんだ、メールか……」

妄想にも近い考え事の最中だっただけに、いつものスマホの着信音にすら過剰反応してしまう。

「うわあ、美奈子《みなこ》先輩からだ!!」

高校時代の部活の先輩、田沢《たざわ》美奈子からのメールに洋のテンションは一気に上がった。

洋には高校生の時に、高嶺の花とも言える憧れの存在が二人いた。

一人は、一年の時の担任教師、北原由乃《きたはらよしの》であり、もう一人が今メールをくれた田沢美奈子だった。

「美奈子先輩、美奈子先輩♪」

悶々《もんもん》としていたことも忘れ、洋は鼻歌混じりにメールを開いた。

洋が所属していた報道部は、学内の新聞と校内放送を取り仕切り、文科系の部活の花形だった。ＯＢには、報道関係に勤める人も多く、それ故、アナウンサー志望の女子生徒の入部希望が後を絶たない部でもあった。まさに美奈子は、そのアナウンサーの役割を華《はな》やかに務《つと》めていたのだ。

聡明な雰囲気の中にも上品な色気と清純な可愛らしさを持っていた彼女は、学園中の男どもの熱い視線を集めるほどの美少女だった。

洋が、大勢の入部希望者の中に入り込んだのも、入学してすぐに美奈子のアナウンス姿に見惚《みと》れたからだ。

幸運にも報道部に潜り込むことができた洋は、なぜかアイドルさながらの人気を誇った美奈子に可愛がられた。それは卒業後の今も変わらず、お互いに何となく連絡の取り合いが続いている。

もちろん、あくまでも先輩後輩の間柄であり、美奈子が洋を男として見てくれている気配はない。

美奈子が付き合っていた男も知っているし、恐らくその彼とは現在も続いているはずだ。

(でも、彼氏がいるのに、メールをくれるってのは、どういうことなのかなぁ……)

ひょっとすると彼女の好意の表れかもと、さほど自惚《うぬぼ》れの強い方ではない洋にしても、そんなことを思ってしまう。

例のおみくじの影響か、はたまた初体験を済ませた自信からくるものなのか、とにかく相手の発するサインを見過ごさぬよう注意を払っているからこそ湧き起こる想いで、つまりは「思い過ごしも恋のうち」なのだろう。

美奈子からのメールは、他愛もない近況報告のようなものであり、逢うことを約束するようなやり取りではない。それでも、彼女の美貌が頭に浮かび、洋の気持ちを浮き立たせた。

「美奈子先輩に逢いたいなあ……」

女性を知った自分が、今美奈子を目の前にしたらどういう行動をとるだろうと、想像するだけでも愉しい。

少なくとも、あのおみくじのお陰で、相手と真剣に向き合う姿勢が身に付き、確実に以前よりも人間関係が円滑になっている洋だった。

2

大学生活がはじまるよりも先に、洋はバイトをすることを決めていた。

両親に負担をかけたくないという想いもあったが、正直なところ出会いを期待してもいた。

可愛い女の子が働いていそうなハンバーガーショップやコーヒーショップなど、いくつかのバイト先をあたったが、結局、落ち着いた先はコンビニエンスストアだった。

（何度もバイトを探すのも面倒だしなあ……）

キャンパスライフがはじまってからも続けられるよう、シフトに融通の利くことを前提に探したので、やむを得ない選択だ。

とにかく早く仕事を覚えたいと、女店主に無理を言い、ほぼ毎日のようにシフトに組み込んでもらうことにした。

面接時に、その旨を告げたことも店主に気に入られる要因であったらしい。

「いまどきの若い子には珍しく、責任感があるのね」

五十代半ばにある女店主の、その世代らしい評価だった。けれど、どちらかと言えば要領のよくない洋だから、大学が始まる前に慣れておきたいことが実情だった。

「新しくバイトで入った大河内洋くんよ。こちらは佐倉美衣《さくらみい》さん……」

佐倉美衣と出会ったのは、二日目の昼のシフトに入った時だった。

「悪いけど、佐倉さん、しばらくシフトが一緒になるから大河内くんの面倒を見てあげてくれない？」

教育係として美衣を指名し、早々にレジへと移動していく女店主に、洋は心から感謝した。

美衣が主婦のパートであることは、左手の薬指に光るリングを確かめずとも判ったが、どうせ誰かに教わるのなら若い女性がうれしいに決まっている。

（佐倉さんって、二十代半ばくらいかなぁ……。なんか、絵に描いたように女性らしいって感じの人だなあ……）

それが洋の彼女に対する第一印象だった。

やわらかな雰囲気を身に纏い、たおやかな女性らしさと大人っぽさを同居させた美衣は、パッと目を惹く美人タイプではなかったが、間違いなく十人並みよりも上にランクされるはずだ。

ふっくらとおんならしい丸みを帯びた体形は、いわゆるちょいポチャ系で、丸い顔の輪郭が余計にその印象を強めている。けれど、決して肥え太っているわけではなく、男好きのする身体つきと言えた。

大人しい印象は、その控え目なメイクにも表れている。

三日月形のやや垂れ気味の目が、どこか色っぽい。儚い印象の鼻梁に対し、薄めながらもふっくらやわらかそうな唇が彩《いろど》りを添えていた。

（華やかな印象なのに、どこかしら影があるようにも……）

相手をよく観察することが身についた反面、どこか不器用な洋だけに、つい美衣をガン見している。対する美衣もまた、なぜか洋を、じっと見つめてくるのだった。

（ええ？　なんか見つめられてる……。も、もしかして、一目惚れされた？　これはまた不倫かあ？　もしかして、俺ってマダムキラー？）

惚れっぽいところのある洋だから、早くも美衣を意識する。

「あ、あの……？」

それでも彼女があまりに見つめてくるので、いたたまれず洋から声をかけた。

「あ、ご、ごめんなさい。私ったら……。えーと、洋くんは今日が初日？　コンビニとかのバイトの経験は？」

耳に心地よいシルキーな声が、何気に名前を呼んでくれることに気を良くして、洋は今日が二日目であることや、コンビニでのバイト自体が初めてであることなどを話した。

「二日目ならまだレジ打ちにも慣れていないよね……。でも、それはまあ、実際に接客しながらおいおい……。まずは、商品の補充からはじめましょうか……」

レジ前には、どっかと女主人が場所を占めている。店が混んでこない限りは、店番は足りているということだ。

洋は、美衣の背中を追うようにして裏のストックヤードへ移動した。

さほど広くないスペースに、多くの種類の飲料やストックの利《き》く商品が、雑多に積まれていた。

缶コーヒーの補充をはじめた美衣を見習い、段ボールの箱を開け、少なくなった飲料を補充する。

「もうすぐ、おにぎりやお弁当が到着するから、ここは手早く済ませてね……」

てきぱきと作業をこなす横顔を、洋はうっとりと眺めていた。その視線に気がついたのか、ふいに美貌がこちらを向く。けれど、どぎまぎしたのは、むしろ美衣の方だった。

（うわあああ。本当に、脈ありかも！）

相手が発する印を見逃すなとのお告げは、このことだったかと洋は、おみくじの入った財布をポケットの上から触れた。

（してるよねえ、意識！　絶対に美衣さんは俺のこと、意識してる!!　でも、なんでだろう……？）

もちろん恋に理屈などないと承知している。自分がよく一目惚れをするだけに、それが起こりうることも疑わない。けれど、いざ自分が惚れられたとなると話は別だ。もてたい願望がいくらあっても、ごく普通の男である自分が、突然女性から惚れられるようになることはあり得ない。しかも、彼女は人妻である。悲しいかな現実は、そう甘くはないのだ。

（じゃあ、美衣さんが意識しているのは、なぜ？）

理解不能の命題に、洋の頭の中はいっぱいになり、その日はほとんど仕事を覚えるどころではなかった。

3

「洋くんに、彼女はいないの？」

バイトに慣れるに従い、いつしか美衣との距離感もつかめるようになってきた。相変わらず彼女からの視線は感じるが、それは洋に仕事を教えるためにその仕事ぶりを観察しているのだと思っている。

接客と商品整理、調理に清掃とやることはいくつもあるが、接客さえ慣れてしまえばさほど難しい仕事でもない。コツさえつかめば、効率よく動くこともできるようになり、こうして美衣とレジ前で雑談することもできるようにもなっていた。

「いないと言うより、できないのです。当たって砕けてばかりで」

「あら、どうして？　洋くん、そんなにビジュアル悪くないのに。話だって面白いし」

決してお世辞とは思えない口ぶりの二十六歳の若妻に、洋はまんざらでもない。自身では、あまり話のうまい方と思っていなかったにもかかわらず、どういう訳か美衣の前ではすらすらと言葉が出てくる。面白い冗談もほいほい浮かんだ。

どうやら聞き上手らしい美衣が、いかにも愉しそうに笑ってくれるから、余計にノリが良くなるのだ。

「どうしてなんでしょうねえ。それについては俺が聞きたいくらいです。もしかして、祟《たた》りか何かでしょうか？」

双方の手首をだらりと下げて、恨めしそうな表情をつくると、またしても美衣はくすくすと笑ってくれる。

「何か祟られるようなことをしたの？　心当たりでもあるのかしら……？」

「えー、そんな心当たりありませんよ。こう見えても品行方正、まじめが取り柄の俺ですからね。普段の行い、悪くないでしょ？」

おどけて言うと、まるで胡蝶蘭《こちょうらん》の花が咲き誇るように、清楚な微笑が浮かんだ。

「うん。大丈夫。少なくとも、私の前ではまじめかな……。でも、洋くんみたいな男の子に彼女ができないなんて、本当に不思議ね」

どきんとするくらい真っ直ぐな眼差しに見つめられ、洋は急に照れくさくなった。

いつの間にか彼女に、すっかり心を奪われている。もちろん、人妻の美衣をどうこうしようなどと思っていない。というより、貞淑な人妻が洋の誘いに乗るなど考えられない。

（それにしても、美衣さん、俺のことを知りたがるなあ……。興味を持ってくれるのはうれしいけど、どうして俺なんかのこと……。勘違いしてしまいそうだよ）

自惚れのような恋愛感情を否定しても、やはり頭の片隅に淡い期待がない訳ではない。

人妻と判っていても抑《おさ》えきれぬほど、美衣は魅力的なのだ。

特に、やわらかそうなフォルムの女体には参っている。ファッション性ゼロのコンビニの制服でも、その匂い立つような色香は隠しきれない。

その大きな胸元には、ついつい目を奪われる。一度などは、彼女がショーケースのガラスを拭《ふ》くのを、裏のヤードから垣間見たことがあった。

悩ましいふくらみがふるんふるんと揺れまくり、陶然《とうぜん》となって洋は見惚れていた。

ちらりと覗かせる白い太腿、二十六歳の婀娜《あだ》っぽい腰まわりにも、視線を釘付けにさせる。要するに、肉感的なむっちり女体に、やられっぱなしなのだ。

「それでも、好きな相手くらい、いるでしょ？　今どきの女の子、きれいだものね」

一瞬、あのベーカリーショップの彼女の顔が浮かんだものの、すぐに打ち消した。なんとなく、美衣を差し置いて、浮気をしているような気分になったからだ。

「ああ、ちょっと今、挙動不審になった」

指摘された途端《とたん》、頬がカアッと熱くなった。我ながら、これほど美衣のことを意識しているとは。幸いにも、彼女は自分のことを想って赤くなったとは気付いていないらしい。

「ねえ、どんな娘《こ》なの？　洋くんが片思いする相手。かわいいのでしょうね」

肩を軽くぶつけてくる彼女に、かなり洋は動揺した。

悪戯っぽくとはいえ、直接美衣に触れるのは、これが初めてだったからだ。

「からかわないでくださいよお……。照れるじゃないですかあ……」

内心の動揺を隠し、洋の方からも軽く肩をぶつけた。むにゅんとやわらかい二の腕の感触に心が震えた。どうしてももう一度、その感触が味わいたくて、体重を移動させる。

それと気付いた美衣が、躱《かわ》そうとして身体を後方に引いた。お蔭で洋の肘《ひじ》が、あろうことか魅惑の乳房にあたってしまった。

「あんっ！」

ふるるんとしたふくらみに触れた瞬間、美衣が声をあげた。それもどこか艶《つや》めいた響きを帯びた声を。

「うわああっ！　ご、ごめんなさい。わざとじゃないです。美衣さんが避《よ》けちゃうから、ひ、肘が……」

慌てふためく洋に、美衣も戸惑うような表情を見せた。

「わ、判ってる。わざとじゃないのよね。事故みたいなものだったわ……」

ちょうど、そこに交代で入るバイトさんが到着したから、余計に気まずい空気となった。

「じゃ、じゃあ、私は上がります。お疲れ様です……」

その同僚と入れ替わりで上がる美衣が、ぺこりと頭を下げて奥に下がった。途中、目配せとまでは言わないものの、ちらりと振り返りこちらを窺う気配があったことを、洋は見逃さなかった。これも印だろうか。

「あ、俺、ドリンクの補充してきます」

咄嗟《とっさ》に同僚にレジを任せ、婀娜っぽい腰を追いかけるように、洋もストックヤードへと向かった。

「美衣さん。お、俺……」

羽織《はお》っていた制服の上着を脱いでいた美衣に声を掛けるのは、ちょっと気が引けたが、どうしても彼女と気まずいままではイヤだった。

（せっかく美衣さんと打ち解けてきたのに。美衣さんだって……）

心残りがあったからこそ、振り返ってくれたのだと、それが彼女のサインだと信じ、洋は勇気を奮《ふる》い立たせた。

「さっきは、すいませんでした。俺、調子に乗り過ぎて……」

神妙に洋が頭を下げると、美衣は身体をこちらに向け直した。

白いブラウス姿になった彼女は、制服を着ている時よりもはるかに華やかさを増している。モノトーンの配色のフレアスカートが、腰まわりを引き締めて見せ、裾のフレアラインが美脚感を演出している。

肉感的な女体が、すっきりして見えるのは、洋服のセンスのよさなのだろう。

「まだ気にしているの？　大丈夫。本当に判っているから」

やわらかな笑みを浮かべる彼女に、洋は心底ほっとした。ひっそりと咲く花々に、安息を見るような心持ちだ。と、同時に、美衣の頬が少しだけ紅潮していることに、清楚な色香を感じる。

「よかった……」

二人は顔を見合わせ、照れたように微笑みあった。

「あら、洋くん、制服のボタンが取れかけてる。直してあげるから、ちょっと脱いでみて……」

促されるまま洋は、羽織っていた制服を脱ぎ、彼女に渡した。

「すぐだから……」

美衣は自らのバッグから、ソーイングセットを取り出すと、慣れた手つきでボタンを繕《つくろ》いはじめた。

「おんなの人って、やっぱり針と糸を持ち歩いているんですねえ……」

睫毛を伏せ、ボタンを付けてくれる美しい指先に、洋は見惚れた。

「ああ、今日はたまたま。いつも持ち歩いてるって訳でもないのよ」

またしても美衣が、照れたように頬を赤らめた。色白の彼女が赤くなると、まるで風呂上がりのようで色っぽいことこの上ない。

「はい。できたわ……」

あっという間に繕いを終えた美衣に、おんならしさと母性の両方を見た。

熱い衝動が怒濤《どとう》のように込み上げ、洋は思わず制服を渡そうとする美衣の手を握り締めてしまった。

すべやかな手指の感触に、余計に昂ぶるものが胸を占める。既に理紗と関係したこともあり、美衣が人妻であることも気にならなかった。

先ほど胸に触れてしまったのと違い、今度は事故ではない。意識的に、彼女の手を握っているのだ。だからこそ、後には引けない。

「美衣さん。俺、美衣さんのこと、す、好きです」

衝動的に想いを告げると、もういけなかった。暴走する自分を抑えられず、彼女の女体をぎゅっと抱きしめ、その唇を掠《かす》め取った。

ふっくらやわらかな唇の感触は、あまりにも心地よいものだった。けれど、その鮮烈な感触が、ようやく自らの暴挙を気付かせ、洋はあわてて美衣を解放した。

(バカ、俺はなんてことを……。これじゃあ犯罪じゃないか！)

痴漢と思われてもおかしくない行為に、今度こそ、取り返しのつかないことをしたとの自覚がある。衝動を抑えられない意思の弱さを、恨まずにいられなかった。

「ご、ごめんなさい。俺、あんまり美衣さんが、好き過ぎて、だ、だからこんなことを……」

とにかく謝罪するしか洋には思いつかない。そんな洋に、けれど美衣は意外な言葉を口にした。

「ねえ、洋くん。謝らないで……。私のこと、好きなんでしょう？　私もいつか洋くんと、こんなこともあるかなって思っていた……。ねえ、明日の晩、空いている？」

普段の美衣とは不釣り合いな突然のお誘いに、洋は戸惑いながらも首を縦に振った。

4

待ち合わせの場所に現れた美衣は、コンビニで見る姿とはまた違う美しさに溢れていた。

いつも彼女は、地味目なカジュアルな装いで、コンビニに出勤してくる。

確か、今日はオフホワイトのブラウスに紺のチノパンといった姿だったはず。それが、今は花柄のワンピースを華やかに着こなしている。わざわざ家に戻り、着替えてきたのだ。

「ごめんなさい。遅れてしまって……」

息を切らし、上下する胸を押さえる美衣から目が離せない。頰を紅潮させている彼女は、どことなく官能的ですらあった。

「どうしようか？　お腹空いている？　それとも、このままホテルに直行する？」

母性本能を感じさせる丸顔が、おっとり系に見えていたが、それとは裏腹の大胆なセリフに、洋は目を白黒させた。それでいて早くもズボンの前は、脹《ふく》れあがっている。

「あ、あの、でもどうして、俺なんかと……。美衣さん人妻だし、それに本来は貞淑なひとだと……」

彼女を想うあまり、どこか非難する口調になっていることに気付き、洋は口をつぐんだ。そんな洋に、美衣は腕をからませ、ちょっとだけ膨れてみせた。

「肉食系のおんなはお嫌い？　なんてね……。ホントは、こんなことをする自分が恥ずかしい。でも、洋くんは特別」

「と、特別って、どうして俺が？」

むにゅんと腕に押し付けられる乳房を過剰に意識し、導かれるまま歩きはじめた。

「洋くんはね、どことなく昔の恋人に似ているの。びっくりするほど……。その人とはつらいことがあって、結ばれなかったけれど、あの頃のような想いをもう一度味わいたいと思ったの……。ごめんね、自分勝手な想いを押し付けて」

初めて会った時に美衣が洋の顔を驚いたように見ていたことや、意識するかのようにチラ見されていたことも、全てはそれが理由であったのかとようやく合点がいった。

「そ、そんなことありません。俺、美衣さんにしあわせな想いをしてもらえるなら、その人の代わりでもなんでも……」

「代わりってだけじゃないわ。私も洋くんが好きよ。だから、今夜だけは、恋人同士のように過ごしたいの」

絡めた腕に、さらに甘えるように美衣が頭を傾けてくる。セミロングの髪はイチゴのような匂いがした。彼女の甘い体臭と相まって、洋の欲望を無性に掻き立たせてくる匂いだ。

「美衣さん。大好きです……」

髪の量の多い若妻は、ルーズな髪型にしていてもフェミニンに映る。やや赤みのかかったその髪に、洋はそっと口づけをした。

どこをどう歩いたのかも分からぬまま、いつの間にかふたりはシティホテルにいた。部屋に入ってすぐ、躊躇《ためら》いは一切見せずに、まっすぐにベッドへと向かう。ベッドのそばで彼女をぎゅっと抱きしめると、そこではじめてキスをした。

「はむん……ンンっ……」

唇が触れた途端、そこで全てが静止した。世界には、自分と美衣しかいなかった。他の人間のことなどどうでもよかった。

静止した時間の長さが息苦しく、互いに「ホゥ」と息を継《つ》いだ。

「美衣さん……」

やさしく囁くと、若妻はこくりと頷いた。

「脱がせて……」

耳元で色っぽく囁かれ、洋は電気にでも打たれたように、ぎこちなく彼女の着ているものを剝きはじめた。聖女と淫女——人妻は夫に見せない、二つの顔を隠し持っていた。

背筋のファスナーをジジジッと引き下げると、シミひとつない白い肌が現れる。さなぎが蝶に羽化するように、ワンピースから女体が抜け落ちた。

現れ出たのは、真っ赤な下着。ふんだんに刺繡《ししゅう》の施された高級そうなランジェリーは、いわゆる美衣の勝負下着なのだろう。

豊かな胸元は、赤いブラカップから今にも零れ落ちそうで、いかにも危うい。

熟れた太腿を際どく縁取《ふちど》る赤いパンティも悩殺的だ。薄い下着の奥に透ける黒い叢《くさむら》が、普段の彼女の落ち着いた言動や仕草とまるでアンバランスで、思わず洋は息を吞んだ。

「ここでなら全てを忘れ、独りの女として淫らになれる……」

扇情的なセリフを吐きながら、貞淑な妻の仮面を脱ぎ捨ててくれる美衣。

丸みを帯びた女体は、マッシブではあったが、うっすらと脂肪が乗っている程度で、肥え太っているわけではない。むしろ、くびれた蜜腰、洋梨のような乳房、悩ましい尻えくぼは、引き締まった印象すら与える。それでいて、どこまでも男心をそそる肉づきなのだ。

(いい身体してるとは、こういう肉体を言うんだろうなあ……)

丸顔の美衣は、六歳年下の洋からも若く見える。肌のハリと艶が、その若さをより引き立てているようだ。

一時《いっとき》もその美麗な肢体から目を離さず、洋は自分も着ているものを脱いだ。逸《はや》る心に急き立《せ》てられるように真っ裸になると、またすぐに彼女を抱きしめ、その唇を奪った。

「美衣さん。素敵です……」

たっぷりと朱唇を堪能してから彼女の耳元でそう囁くと、洋はそっと美衣をベッドに横たえさせた。

けれど、その先をどうしていいのか洋は迷った。思えば、理紗との初体験は、一方的に奉仕される形で終わっている。そんな若牡の様子に、何かを察した美衣が、洋の手首をつかみ自らの下腹部へと導いてくれた。

「やさしく触って……」

ぶんぶんと頷いた洋は、下着の上からその女性自身を想像して、縦方向に指でなぞった。

（えっ！　美衣さん、もう下着がぐっしょりだ。濡れていることを知らせるために、俺の手を導いてくれたのだな）

あからさまに下着を濡らした彼女の股間を、洋は指先で犯した。その濡れシミこそが、責めるべき場所のサインであると、洋は気付いたのだ。

「あ、ああん……。ふぬぅぅ……っ」

口紅艶めく唇から、シルキーヴォイスで悩ましく喘ぐ。さすがに恥ずかしかったのか、美衣は大慌てで右手を口に当てて、その声を塞《ふさ》いだ。

「ここがいいのですね？　こんなに濡れているから、丸判りです！」

彼女に寄り添うように寝そべり、右腕を伸ばして濡れシミをあやし続ける。

中指を掌底に導くように丸めると、ぐぐっと薄布が淫裂に沈んだ。

「うっく、ふぬんっ！　んああ、ああ、ああぁぁ～っ」

中指の先がめり込むにつれ、紅潮させた美貌が左右に振られ、しなやかな女体がのたうちまわる。

伸ばされた美脚が、引き上げられては、また伸ばされ、踵《かかと》をベッドに擦りつけている。

じっとしているのがつらいのか、寄り添う洋の胸元に美貌を埋めた。かと思うと、洋の小さな乳首に、ふっくらした唇が押し当てられた。

「うおっ！」

薄い舌先が、チロチロと洋の乳首を舐めていく。その甘い快感が、血液を集めていきり勃《た》つ肉塊をたまらなく疼かせた。

「ああ、洋くんの大きくて硬いものが、あたっている……」

我知らず洋は、美衣のすべやかな太腿に屹立を擦りつけていたらしい。その感触を若妻は素直に口にしているのだ。

「逞しい、おち×ちん。これが美衣のなかに挿入《はい》ってくるのね……」

昂奮しているのだろう、赤く充実した唇が、うわ言を吐くように動いた。

さらには細い手指が、洋の下腹部に降りてきて、強張る塊をやさしく握りしめてくれる。

「ぐはああ、美衣さんの手、気持ちぃぃっ！」

をはじめる。

雄叫《おたけ》びをあげると、人妻の冷《ひ》んやりとした手指が、猛々しい肉塊に沿ってスライドをはじめる。

ゾクゾクと背筋を走る愉悦に負けじと、洋も美衣の股間を責めた。

手首のスナップを利かせ、リズミカルに指先を擦りつけるのだ。

ずぢゅぢゅぢゅ、ずりずりずり——。

指先でこそぎつけるたび、薄布に染みた淫汁が、濃厚な牝フェロモンと共に滲《し》みだす。

「はあん、あ、あはぁ……。ふうぅん、うん、あふぅ……」

洋の勃起に人妻の手指が巻き付いているため、美衣がいくら口をつぐもうとしても、愛らしい鼻腔から喘ぎ声が漏れてしまう。ついには、艶めかしい喘ぎを抑えることをあきらめ、奔放に艶声を聴かせてくれるようになった。

「ああ、気持ちいいっ……。どうしよう、こんなに気持ちよくなってしまうなんて……。ああ、美衣はふしだらね……」

被虐的に自分を貶《おとし》める美衣の口調に、洋の加虐心が煽《あお》られた。責めて、いじめて、美衣を極めさせたいと思った。攻撃的な感情が爆発し、洪水のようにどっと襲ってくるようだ。

「これ、脱がせてもいいですよね？」

若妻の深紅のパンティを少しばかり引っ張り、了承を求めた。

色っぽい眼差しがこくりと頷いてくれる。

勇んで、薄布をずり下げた。けれど美衣の手指は、一時も勃起を解放してくれないため、膝のあたりまでずり下げたパンティを、そこから先は足で剝き取っていった。

「うふふ。こういう時は、器用なのね……」

美衣は教育係なだけに、洋が少なからず不器用なことを知っている。

「だって、夢中ですから」

照れながら言い訳する唇に、美衣のやさしい唇が覆いかぶさった。

相変わらず洋の分身は、やわらかい手指の愛撫を受けている。洋は女体を抱きしめるようにして、今度は背筋にあるはずのブラジャーのホックを外しにかかった。

ところが、これが難しい作業だった。見えていれば、それほどでもないのだろうが、手探りで行うだけに、なかなかうまくいかないのだ。

「焦らなくても大丈夫よ……。両側から少し引っ張るようにして……」

やさしく教えられ、ようやくホックを外すことに成功した。

ゴム状になった赤いブラジャーが緩むに従い、ブラカップが横たえた胸元からズレ落ちそうになった。

ふくよかな胸元が露出したが、危ういところでブラは止まっている。

「なんだか、見えそうで見えないこの姿も、悩ましいですね」

「もう、いやな洋くん。目がいやらしいわよ……。ねえ、ちゃんと脱がせて……」

むずかるように紅潮させた頬を振る美衣。その色っぽい仕草に心躍らせながら、洋はなめらかな肩からブラ紐を抜き取り、ブラジャーを奪い取った。

想像以上に豊かな乳房が、ぼろんと零れ出た。

彼女は横に寝そべっていることもあり、さすがに、双乳は重力に負けて流れ落ちている。けれど、それがかえって極上のやわらかさを保証するようで、悩ましいことこの上ない。

だらしなさを感じさせないのは、その色の白さと共に、薄紅の乳輪が小さいせいかもしれない。乳首も楚々として控え目だ。

「こ、これが美衣さんのおっぱいなのですね。大きい！　バスト、何センチあるのですか？　悩ましく揺れるのを俺、いつも見てました」

正直に告白すると、美衣もまっすぐに頷いた。

「九十五センチあるのよ。うふふ。気付いていたわ。洋くんの視線が、美衣のここに注がれていたこと。洋くん、痛いくらいに熱く見ているのだもの。胸元が火照って困ったわ」

教えたことが恥ずかしいのだろう。それをごまかすように若妻の手淫は続いている。

洋は、再び美衣の下腹部に手指を運ぶと同時に、その唇をデコルテラインからゆっくりと盛り上がる乳丘に這わせた。

「あうんっ……。あ、ああん……」

中指をじっとりと湿り気を帯びた淫裂に埋め込んだ。

薄紅に染まる純白のふくらみを、口唇粘膜と舌腹で舐めまわす。

本能に任せたあまりに直截《ちょくせつ》な愛撫だったが、美衣は薄目を開け、口を半開きにした悩ましい表情を見せてくれる。経験不足の洋にも、若妻の全身に官能の潮が満ちていることが知れた。

「美衣さんのここ、クチュクチュに濡れてます。指をキュムキュムッて締めつけてきて、美衣さんおま×こ、Hなんですね」

「あん、あは、ふぅん……。ひうっ、うん、ふぁう、あぁぁ……」

最も敏感な秘所を弄《いじ》られながら卑猥な言葉を耳朶《じだ》に流し込まれ、若妻は羞恥と沸きあがる倒錯の快感に、ブルブルッと肢体を震えあがらせる。

洋は美衣の淫靡な反応を好奇の目で見つめながら、左手を若妻の腰に回して逃れられないようにして、その身体をグイッと引き寄せた。そうして中指をチュプチュプと秘唇に出し入れしつつ、さらに淫猥《いんわい》に耳元に囁きつづける。

「どんどんHな汁が溢れてきます。グチュグチュ、ヌチュヌチュのおま×こが、俺の指をしゃぶるみたいにいやらしく吸いついてますよ」

「ああんぅっ。そんなにしないでっ。そんなに何度も擦っちゃ、たまらなくなってきちゃう、あ、あはあぁぁ〜ッ」

ぐしょぐしょにぬかるんだ膣壁には、短い襞が密集していて、洋の指先に絡みついてくる。

肉筒にそってくるくると掻きまわしてやると、若妻の太腿が左右からきゅっと手首を挟みつけた。

太腿柔肌のたまらない感触。女体に沿わせた右腕や上半身にも、美肌が擦れ心地よいことこの上ない。

「ずっと美衣さんの綺麗な肌に触りたかった……」

薄い膚下から漂うおんなのフェロモンに、洋は頭の芯からくらくらしてきた。下腹部から込み上げる快感電流も相まって、完全にメロメロの状態になっている。

美衣の手しごきは、同じ人妻でも理紗のような強引さはなく、あやすように甘く優しい。

擦られるたび、急速に洋の頭の中を美衣の胎内に入りたいという強烈な欲求だけが占めていく。それをぐっとこらえながら、なめらかでやわらかな肌のあちこちを愛撫しまくる。

「ああ、そんなにしないで……。あうん、そんなにおま×こ掻きまわさないでぇ……」

夜景をのぞむ一室、股間を撫でつつ耳元で喘ぐ美妻。彼女の全身にねっとりと肉悦が浸潤する。扇情的なまでに赤い唇がわななき、柳眉を苦悶するようにきゅっと寄せ、男好きのする女体をのたうたせるのだ。

5

「ああん、もう、たまらないっ！　ねえ、お願い、洋くんのおち×ちんを頂戴っ！　美衣、欲しいの！」

三日月形の眼をとろんとさせて、美衣が熱く囁いた。

素直に頷いた洋だが、そこで初めてコンドームを用意していないと思い至った。

「あ、あの美衣さん。俺、コンドーム持ってません……。美衣さんとこんなふうになれると思っていなかったから用意していなかった。ごめんなさい」

若妻との性交が、おじゃんになるかもと思うと怖かったが、洋は正直に謝った。

「あん、いいのよ。コンドームなんか……。洋くんのしたいやり方で、美衣を抱いていいの……。洋くんになら恥ずかしいことだってしてあげちゃうわ」

過去の恋愛に後悔を抱き、そのやり直しのような行為を洋に押し付けている。そんな引け目があるらしく、だからこそ美衣は洋に奉仕的でいてくれるのだろう。

「バックから……。俺、バックからしてみたいです！」

左右前後に大きく張り出し、匂い立つような色香を発散させている美衣の臀部は、常に洋の欲望の対象だった。そのお尻を犯してみたい。

「判ったわ、後ろからしたいのね……。じゃあ、こうすればいい？」

従順な若妻は、やわらかいフォルムの女体をくるりとベッドの上でひっくり返し、そのまま尻を持ち上げるように、四つん這いになった。

「いいわよ。きて……っ」

シルキーヴォイスが緊張に掠れている。ふるふると尻朶《しりたぶ》が揺れるのも、緊張によるものなのか。

その場に膝立ちになった洋は、陶然とした表情で美臀に引き寄せられた。

(美衣さんのこのお尻に、俺のち×ぽを突き立てることができるなんて……)

剝き卵のようなつるんとしたお尻を両手で摑むと、びくんと女体が震えた。

「美衣さんって、おま×こまで清楚なんですね……」

鮮紅色の女陰は、人妻とは思えないくらいに新鮮だった。左右を縁取る肉花びらも、わずかにはみ出した程度で、やはり楚々とした印象なのだ。

「ああん、いやあ、恥ずかしいこと言わないで」

洋のその言葉を聞いただけで、美衣の身体にブルブルッと震えが走った。それは、その瞬間を待ちわびている証拠のようにも洋には思えた。

「ああ、美衣さん!」

パックリと割り開かれた股間に目を奪われ、息を呑みながら洋は自らの分身に手を添え、淫裂に近づけた。

「あ、あああああ……」

ぎっちぎちに膨らんだ亀頭部が、ぬるぬるべとべとの女陰に触れた。

(絶対に失敗しない!　大丈夫、ここに挿入すればいいんだ……)

自分から積極的に挿入するのは初めてなだけに、洋は慎重に腰を送り出した。

くちゅ……みちょ……と、緩やかな濡れ音が響き、尻朶の奥で、花びらがぱっくり開くのを洋は見た。入口付近の膣粘膜が、浅く刺さった亀頭に擦れ、ぬめりと熱が倍増した。若妻が零すおんなの涎《よだれ》が、亀頭にねっとりと絡みつく。ぐにゅっと、花弁が淫らな感じに歪み、ゆっくり亀頭が膣に沈みはじめる。

洋はぐいっと腰部を押し出し、熱く滾《たぎ》る欲情をぬるっと美衣の胎内に忍び込ませた。

途端に、ふたりは一つに溶けあう。

「ああ、先っちょが挿入《はい》っちゃいました。美衣さんの膣内、あったかいです。うぉあっ、きゅって締まった！」

美衣のグラマラスなヒップを撫でまわしながら言う。九十五センチのバストに負けず劣らず、このヒップも九十センチ以上は下らないに違いない。

(入口だけでこんなにいいのに、奥まで入れたらどうなるのだろう……？)

想像した洋は、ごくりと、喉を大きく鳴らした。

理紗の時とは違い、生《なま》での挿入は快感の度合いが、ゴムありとは恐ろしく違っている。あれほど薄いゴムなのに、天と地ほどの差なのだ。

「あぁっ、美衣さん！　あぁぁっ、ち×ぽが、溶けちゃう、溶けちゃうよぉっ！」

生での触れ合いもあったが、狭隘《きょうあい》な人妻の膣孔は、侵入してくる洋を、これ以上ない収縮で迎えてくれるのだ。みるみる感覚をなくしていく己《おの》が性器に戸惑い、慌てるが、それでも洋は、腰の押し出しをやめない。否、こんな気持ちのよいこと、やめられるはずがない。とにかく、美衣に入りきるまでは、死んでも射精しないつもりだ。

細腰を手で引きつけ、勃起で串刺しにしていく。

じわじわ沈んでいく勃起に、互いの恥骨が少しずつ近づいていく。快感が強く、加減も判らない。美衣を傷つけたくないから、とにかくゆっくり腰を動かす。

「ああ、立派なおち×ちん……。美衣の膣内がいっぱいになるわ……」

長く終わらない挿入に、さすがに汗ばんだ顔がこちらに向けられた。

(おま×この中って、こんなにヌルヌルなのか……。あぁ、それに、すごく熱い！)

洋は、固く瞼を閉じて下唇を嚙みしめる。射精の欲求を堪えつつ、初体験以上の快感と闘っている。

「あぁ、硬くて、熱いっ……は……ふ……。主人よりも立派すぎて……き、きつい、わ」

やわらかな尻朶に、ようやく洋の腰がくっつくと、肉襞のぬめりと熱が、勃起をゆっくり包み込んでくれた。

「あ、あぁ、おま×この襞に……こ、擦れて……ぐっ……やばいです」

膣粘膜がもたらす刺激は、手コキほどの強さはないかも知れない。けれど、微妙な襞の蠢きは、なにしろ洋の知らぬ快感であり、確実に勃起を蝕《むしば》んでいく。

「あはぁっ！　あうっ！　んんっ！」

いまだ洋に慣れきっていない美衣の方も、裂けんばかりに淫裂を満たす肉塊に、さすがに苦しそうだ。

「美衣さん、大丈夫ですか？　痛くない……？　え、何だあっ？　ぐああっ、お、おま×こが、すっごく締めつけてくる！」

かろうじて美衣を気遣ったが、その余裕も真綿で締められるようなヴァギナの蠢《しゅん》動《どう》に、一気に失われていった。

「美衣さん、ごめんなさい！　だめだ、もう俺、我慢できない……！」

込み上げる快感に追われ、ピストン運動を開始させてしまった。とにかく、射精したくてたまらなかった。

「い、いいのよっ！　もっと動いて、そしてたくさん気持ちよくなって！　うぅっ！」

洋の快楽を知ってか、人妻は唇を嚙みしめて、獰猛《どうもう》な勃起の攻撃を耐え忍んでくれた。それどころか、自分からも腰を振り、若牡を悦ばせようとさえしてくれるのだ。

「はうん、あぐぅっ！……あ、ああん、あはぁくぅっ！」

ずり、ずりずりと膣口からひり出された勃起が、美衣の小刻みな腰の動きにくすぐられる。膣入口に引っかかった亀頭は、あまりの快感に今にも燃え尽きそうだ。

奥歯を咬《か》み締め、洋は射精衝動を必死で耐えた。自分ばかりでなく、美衣にも快感を与えたい。できるなら、彼女をアクメに導きたい。その想いが、律動を逞しくさせている。

ずぶんっ、ずずぅっ、ぬちゅぅ、くちゅん、くちゅちゅっ、ぐちょっ——。

あわただしさを増す濁音に、美衣の嗚咽《おえつ》が混じり、部屋の壁に染み入る。

「いいっ、とっても気持ちいいわっ！　嘘じゃないのよ。洋くんの、おち×ちんで、美衣も、とってもよくなってる。あぁっ、ああっ！」

こなれてきた膣から、強烈な快感がこみ上げるのだろう。だから美衣の腰つきも、さらに激しく、もっと大胆になっていく。

パン、パンッ！　肉棒を打ち込むたび、美衣のヒップがスパンキングのような音を立てる。洋の腰が尻肉にぶつかり、打ち据えるためだが、グラマラスな尻肉が波打つさまは目にも楽しい。

「あぁん！　ああんッ！　ぁはあ！　ひぁあっ！　お、おち×ちんすごい！　洋くんのおち×ちん、美衣の膣内で暴れてるの！　美衣のおま×こ、おち×ちんでいっぱいよ！」

洋がドチュンと突き込むたび、美衣の肛門がキュッと締まる。引き抜くと弛《ゆる》んで、プカッと小さな口を開けた。

「美衣さんのお尻の穴、開いたり閉じたりしてますよ」

「いやだあ、そんなところ見なくていいの。見ないで、ぁあ、んふぅ！　ふぅ、ん！」

露出したままの乳房は、たっぷりと前方に垂れ落ちてボリュームをさらに増していた。ひと突きごとに、ぶるっ、ぶりゅん！　たぷっ、たぷん！　と重々しく揺れ乱れる。

洋は上体を前方に折り、女体に腕を回して双乳を掬《すく》い上げた。

「あふんっ！」

釣鐘状に垂れ下がった肉房を、力強く揉みしだいてやる。十指の間から行き場を失った熟脂肪が、むにゅりとひねり出され、その隙間を埋め尽くす。しこりきった乳首が、掌底にしこたま擦れている。

「あ、ああああああっ！」

たまらないといった様子で、艶腰が左右に揺れる。

洋は、その乳房を左右から引っ張り上げるようにして、四つん這いの上体を持ち上げさせた。膝立ちの立ちバックに移行させ、ぐいぐいと勃起を擦りつける。

身長差があるため、人妻の膣奥をしこたまに抉《えぐ》る格好だ。

「ひうっ、ああ、奥、美衣の奥を、突かれている……。こんなの初めて……」

清楚な美貌がよがり歪むのを、その肩越しに見惚れた。

背徳的な体位で責められ、美衣は、これまでよりもさらに深い嗚咽に喘いでいる。

「うああ。立ちマンが好きなのですね、美衣さん」

「ああ、好きよ。あ、うあっ、いい！　ねえ、いいの。大好きぃっ！」

背後からセミロングを梳《くしけず》り、これでもかこれでもかと、媚肉へ楔《くさび》を打ち込む。すると、美衣は白い喉を突き出したまま、頭を揺さぶるようにして陶酔の極致をさまようのだ。

「もうだめ。美衣、恥をかきそう……。ねえ、洋くんの精子を頂戴っ。美衣の子宮にいっぱい出してぇ」

甲高く啜《すす》り啼きながら美衣は、洋の顔をやわらかく両方の掌で撫でてくれた。

若妻に求められるまでもなく、洋もすでに限界が見えている。

「いいのですね？　中出ししても、受け止めてくれるんですね？」

種付けまで許されると思っていなかっただけに、洋の悦びは大きい。だからこそ切羽詰まっていても、もう一度、確認せずにはいられなかった。

「欲しいの……。ふしだらで恥ずかしいけれど、洋くんの精子が欲しい……っ！」

満ち足りた思いに心を熱くしながら、洋は勃起を引き抜いた。

「えっ？　あ、ああん。どうして？」

清楚であったはずの美衣の淫らな不満顔も悪くない。

「最後は、美衣さんのイキ顔を見ながら、射精《だ》したい！」

本音を囁くと、紅潮した美貌がさらにぱあっと輝いた。

その女体を仰向けに横たえると、「早く、お願い！」と催促するように、美脚が大きくくつろげられた。そのM字美脚の狭間《はざま》に、素早く洋は移動した。

「ああ、洋くん。いいわよ、一気にきても……」

シルキーヴォイスを甘く掠れさせながら、美衣が手指を自らの股間に運び、洋の分身をやさしく導いてくれた。

お蔭で、スムーズに挿入することができた。

すっかり洋の勃起を覚え込んだ肉路だから、美衣のリクエスト通り、ずぶずぶずぶっと一気に根元までめり込ませても心配はなかった。

「はうん。ああ、さっきと違うところが擦れてる。あ、あああん……」

甘く呻きながら美衣は、洋の肩にしがみついて眉根を寄せた。

正常位で繋がる若妻が浮かべる官能の表情に、洋はうっとりと見惚れながら、その額に唇を押し当てた。

「美衣さん。すごくHな貌してます。ああ、だけど、きれいですよ」

美衣もまた、洋の顔にやわらかな唇を幾度も当ててくる。くすぐったくもやさしい唇の感触に、洋の勃起はその硬度を増した。

「ねえ、動かして……」

切なげな表情で、美衣が美脚を洋の腰に強く絡みつけてくる。

「動かしたら、そう長くはもちませんよ。いいのですね？」

構わないと答える代わりに、絡み付けた脚を引きつけ、腰の密着を強める美衣。積極的な腰つきに、ゾクゾクと湧き起こる喜悦。たまらず洋も、律動を開始した。

「はううっ……。あ、はあああっ……。あ、あぁん、はふあぁ～！」

若妻は洋の肩を掴み、押し離しては引き寄せ、そしてまた突き放してくる。美脚が巻き付いたままのため、大きな抜き挿しにならない分、媚肉の蠕動が補ってくれている。

「ぐおおぉっ。み、美衣さん、いいです！　超気持ちいい!!」

凶暴な肉塊をやわらかな媚肉に擦りつけ、洋は喉を鳴らした。

雪白の肌にキスを浴びせかけながら、引き締まった腰部を捏《こ》ねる。

ぐりぐりぐりぐりと最奥をかき混ぜ、根元部分では合わせ目の肉芽をすり潰す。あくまでも洋のイメージではあったが、十分な手ごたえは感じられた。

「ひああっ！　そ、そこぉ、ああん、そこなのぉ……っ！」

甲高く啼いた若妻が、すがりつくようにして洋の背中に爪を立てた。巻き付いていた脚も力なくドスンと落ちる。よほど鮮烈な電流が走ったらしく、肉感的な女体にも派手な震えが起きていた。

「ああ、イキそう……。もうだめ、美衣、気をやるわっ！」

ここぞとばかりに、抜き挿しの振幅も大きくさせる。一気にピッチを上げて、体ごとぶつけるような抽送《ちゆうそう》を加えた。

若妻同様、洋も限界が訪れていた。頭の中で、派手な色彩とけたたましいばかりの騒音が爆発している。気がつくと、ただひたすら放出することしか考えられなくなっていた。

「俺もです。美衣さん、俺もイクっ！　ああ、射精《で》る！」

クライマックス寸前の二人は、互いにせわしなく接合部を擦り合わせ、奔放に快感を味わった。

「きてっ！　イクの、ああ、美衣イクぅっ！」

びくんと女体が弾けたかと思うと、続けざまにびくびくびくんと派手な痙攣を起こし、若妻が絶頂にのたうった。

扇情的なイキ様に、洋もまた込み上げる射精衝動を解放させた。

「ぐふっ、おうぁっ！　うぐぐぐぐぅっ！」

断末魔の咆哮をあげると、膣奥に切っ先を送り込んだ。

肉傘を破れるかと思うほど膨れ上がらせ、同時に頭の中を真っ白にさせて放出する。

洪水のような快感がどっと押し寄せ、腰骨や背骨、延髄に至るまで痺れさせた。

「ああ、射精《で》てる。洋くんの熱い精子が、美衣の子宮にいっぱいっ！」

朱唇をわななかせ、美衣がベッドの上、背筋で美しい弧を描いた。

柔襞の一枚一枚にまで、精液をたっぷりとまぶしつけ、洋はいまだかつて経験したことがないほどのエクスタシーの波に翻弄《ほんろう》された。

派手な色彩がチカチカと目の前をいくつも通り過ぎていく。性感の喧騒《けんそう》は、最後の滴《しずく》を吐き出すまで響き続けた。

力尽きた洋は、肉感的な女体の上に落ちた。

たおやかな乳房が、美衣の荒い息と共に上下している。それでも彼女は、横になったまま洋の頭をやさしく抱き締めてくれた。子供をあやすようにやさしく揺らしてくれるのが、とても安らぐ。

「中に射精《だ》すのって、こんなに満たされた気持ちになるのですね」

そう言いながら中出しを許してくれた人妻の美貌を盗み見る。彼女が後悔してはいないかと、少しだけ不安な気持ちがよぎったのだ。

「美衣もよかったわよ。うふふ。そんなに良かったのなら、またさせてあげるわね」

期待以上の答えに、胸が熱くなった。洋は体を伸ばし、若妻の朱唇を掠め取った。

第三章　蕩ける先輩

1

チリンチリンチリン――。

ベーカリーショップ〝トング〟の木製ドアを押し開けると、ドアベルが洋の来訪を告げた。

若草色を基調とした制服に身を包む、三人の女性店員が一斉にこちらを向く。

「いらっしゃいませ」

明るい挨拶の中、洋は意中の彼女の姿を見つけた。

ちょっと来店しすぎだろうか、という躊躇《ためら》いも、その姿を見ただけで吹き飛ぶ。

（ああ、やっぱりカワイイ……っ！）

相変わらずキラキラしている彼女に、胸がきゅんと鳴った。

身体の芯から溢れくる豊かな輝きは、その所作《しょさ》にも表情にもいかんなく顕《あらわ》れている。それも朝露のように清冽で、少しの澱みもない輝きだ。

彼女を見初めて早やひと月。二日と空けずに通うお蔭で、すっかり顔なじみとなり、心なしか他の客とは違った笑顔も見られるようになった。

その笑みには、すっぽりと人を包み込むような温かみが感じられる。

（いい笑顔だなあ。あの微笑を独占したい……）

けれど、そんな思いが募《つの》るばかりで、彼女とは未だ会話らしい会話もできていない。

（せめて名前だけでも知りたいのに……）

これがチェーン店のベーカリーショップやコンビニなどであれば、名札などをつけているのだろうが、個人経営を絵に画いたような〝パン屋さん〟では、それもなくて当然だ。

（でも、何か方法はないかなぁ……）

他の店員の眼もある中では、声の掛けようもない。実際には、勇気がないだけなのだが、やはり手も足も出ずに、結局、いつものようにパンを物色した。

（しかし、ここのパンもいい加減、飽きたなあ……）

菓子パンに調理パン、食パンやフランスパンまで、ありとあらゆるパンを食べたが、正直、味は普通のレベルで、それほど特徴があるわけでもない。

逆に、食べ飽きもしないのだろうが、さすがに洋のように毎日パンばかりでは、食傷気味になるのも当然だった。

お弁当代わりに大学にまで、ここのパンを持っていく始末なのだ。それでも、唯一、それが彼女との接点である以上、仕方がなかった。

(どうしようかなあ……。今日のご奉仕品は、クロワッサンとレーズンパン、それにラスクかあ。のどの渇くパンばかりだなあ……)

思い浮かべただけでもぱさぱさしたパン生地に、口腔内の水分が吸い取られる気がした。

かと言って、サービス品以外の商品を買う余裕もなくなっている。パンを買うお金もこう頻繁《ひんぱん》では、バカにならないのだ。

気分的にはカツサンドが食べたいが、贅沢《ぜいたく》は言えない。クロワッサンとレーズンパンをトレーに乗せ、少し考えてからシナモンロールをひとつだけ追加した。

この店で唯一、うまいと感じるのが、このシナモンロールだった。

(サービス品ばかり買っていくのも格好が悪いし……)

我ながら妙なところで、自意識過剰な気がする。けれど、目的はパンを買うことではなく、彼女とお近づきになることだから、少しくらい見栄を張る必要もあるだろう。トレーをレジカウンターにまで運ぶと、幸運なことにお目当ての彼女が接客してくれた。

（やったー！　今日はついてる!!）

まるでおみくじか占いのようだが、タイミングが悪いと、他の店員さんになることもなくはない。だから、洋にとってここのレジは、すっかり運勢を占う場と化していた。

「ありがとうございます。お会計させていただきます」

満点の笑みと丁寧なお辞儀。天性の客あしらいのうまさなのか、何気ない言葉遣いにも品のよさが窺えた。

洋のひいき目かも知れないが、同じように接客をしている他の店員さんとは、何かが違っているように思える。

「お会計、六百十五円になります」

少しだけ予算オーバーでも、彼女に接客してもらうサービス料だと思えば、安い気がしてしまう。

「じゃあ、千円……」

「はい。千円お預かりします。はい、三百八十五円のお返しです」

おつりの受け渡しに彼女は、洋の掌にレシートを下敷きにして小銭を載せると、ぎゅっと握らせてくれた。

しなやかな指はスベスベしていて、しかもふっくらと、それこそパンのようにやわらかかった。たったそれだけのことで、洋は顔が赤らむのを禁じ得ない。

「ありがとうございました」との声に送られて店を出ると、商店街を少し行ったところで、その背中を彼女が追いかけてきた。

「あの、お客さま……」

駆け寄ってきた彼女は、息を切らし、胸元を押さえている。

可憐な頰を少し紅潮させているのが、なんとも色っぽい。

(ええっ！　どうして彼女が……？)

戸惑う洋に、彼女が丁寧に頭を下げた。

「大変申し訳ありません。私、レジを打ち間違えたみたいです。クロワッサンは、本日のサービス品でしたので、三十円余計に頂いてしまって……。本当にすみませんでした」

差し出された小銭を受け取ろうと掌を差し出すと、再び彼女はぎゅっと小銭を握らせてくれた。

まっすぐな眼差しに、ただドキドキするだけで、洋は何も言えなかった。

2

「パン、お好きなのですね……またのご来店、お待ちしてます」

別れぎわ、何気なくかけられた彼女の言葉に、洋はすっかり舞い上がっていた。

洋が足しげく〝トング〟に通っていることを、彼女は気付いてくれているのだ。

(しまった、さっきは名前を尋ねるチャンスだったじゃないか！)

あまりに舞い上がり過ぎて、そのことに思い至ったのは、彼女が立ち去ってからだった。

失敗したと思いながらも、まるでマイナス方向に頭が向かない。それどころか、気分が高揚して駆け出したい衝動に駆られてしまう。いまだ掌に残る彼女の手の感触が、その昂ぶりをもたらしていた。

なおも込み上げる衝動に胸中で奇声を発し、歩調を速める。いつしかウキウキとスキップを踏んで、清楚な彼女の微笑を思い返した。

「きゃあっ！」

洋の耳元で、唐突に女性の悲鳴が響いた。

商店街の十字路で、出会い頭《がしら》に女性とぶつかってしまったのだ。

「うわっ、す、すみません。俺……」

人通りの多い商店街で、上機嫌で浮ついていた挙句、きちんと前も見ずにスキップなどしていた洋が悪い。

接触した拍子に、女性の買い物袋から落ちた品物を、あわてて洋は追いかけた。

「もしかして、大河内洋くん？」

拾い上げるのに夢中で、ぶつかった女性の顔などろくに見もしなかった。けれど、名前を呼ばれた以上、知らない相手であるはずがない。

「へっ？」

中腰になったまま、その顔を見上げた。

「あっ！　由乃先生!!」

偶然にもその女性は、洋の高校一年の時の担任教師であり、報道部の顧問でもあった北原由乃だった。

「まあ、やっぱり大河内くんじゃない。久しぶり！」

切れ長の瞳に理知的な光を宿し、涼やかに微笑む大人の女性。そのしっとりと漂う色香は、洋にとってはじめて〝大人の女性〟を意識させた存在だった。

「由乃先生、俺のことを覚えていてくれたのですか？　それもフルネームで」

「もちろん！　洋くんたちは、私が初めて担任した生徒だもの……」

思い出の中にいた憧れの女教師が、鮮やかな印象と共に目の前に立っている。そのことに洋は、ただただ驚きを持って見惚れるしかなかった。

「元気だった？　今は、大学生かしら？」

「はい。今年ようやく合格して、法学部です」

「まあ、そうなの。頑張っているのねえ」

人ごみの中でもひときわ目立つ美貌の女性に褒められ、悪い気などするはずもない。

「まだこの先、司法試験がありますけどね」

眩《まぶ》しい微笑に、洋は盆《ぼん》の窪《くぼ》を掻きながら照れ笑いを返した。

(今日は、すごくいい日だ！)

あらためて由乃を見ながら内心で思った。

縦にラインの入った白いシャツに、エビ色の薄手のカーディガン。裾がキュッと窄まったマーメイドデザインのスカートは、フレアの広がりが女子力をアップさせている。

隙のないスーツ姿の女教師の頃と、装いは変わっているものの、ふくよかな女性らしい身体の線は変わっていない。

(先生って、今二十八くらいだよな……。やっぱり、落ち着いた大人の女性って感じだ)

洋が三年生になった春、彼女は結婚して学校を離れ遠くへ行くこととなり、ひどくがっかりしたものだ。

「先生は、いつこっちに帰っていらしたのですか？　向こうでも教師を続けると聞いていましたけど……」

商店街からの買い物帰りらしいところを見ると、この近辺に住んでいるようだ。もしかすると、こちらで新たな教師の口を見つけたのだろうかと、洋は思い浮かぶままに尋ねた。

「ええ。わりと最近……。それに、もう教師はしていないの」

口ごもる美貌に、少し陰りが見えた。

以前の洋では見逃していたかもしれない微かな表情だ。

我ながらサインを読み取る力がついていると自覚した。だからといって、話の接《つ》ぎ穂までが見つかるものではない。

そのまま何となく会話が途切れてしまい、それを潮にその場を別れた。

ゆっくりと自宅への道を歩きながら、今しがたの由乃の様子を思い浮かべた。

(由乃先生、色っぽかったなあ……。でも、どうして教師を辞めちゃったのだろう？)

垣間見えたあの陰りは、私生活からくるものか、はたまた仕事の関係か。想像をたくましくするしかない洋は、ぼんやりと由乃の境遇を思った。

(まさか離婚？　でも、あんなに美しい由乃先生を手放す男がいるなんて思えない。じゃあ、向こうの学校で何かあったとか……)

勝手な想像を膨らませ、マンションのエントランスに辿り着いた時、突然スマホがメロディを奏でた。

肩からぶら下げていた帆布のバッグからスマホを取り出すと、画面が田沢美奈子先輩からの電話であると告げている。

「はい。大河内です」

歓び勇んで電話に出る。

キュートな可愛らしさと、セクシーな大人っぽさを奇跡的に同居させた、コケティッシュな美貌を脳裏に思い浮かべた。

(美奈子先輩にも、由乃先生と出会ったって教えてあげよう!)

美奈子は、高校時代の報道部の先輩であり、顧問であった由乃を覚えているはずだ。

「ヒロくん、元気だった? 今晩ヒマ? 美味しいものでも食べようよ……」

メゾソプラノの声が、矢継《やつ》ぎ早《ばや》に用件を告げてきた。

元々が早口で、相手の都合やペースを考えない天然なところのある人だ。どこまでも無邪気で、身構えてバリアを張ることをせず、素《す》の自分をあっけらかんと見せてくれる。

洋のことを「ヒロくん」と呼ぶ唯一の人で、どこを気に入ってくれたのか卒業後も可愛がってもらっている。残念ながら男女の関係ではなく、メールのやり取りや、たまに食事をする程度の関係でしかないが。

夜に何の予定もないことを洋が告げると、美奈子はいつもの待ち合わせ場所と時間を指定した。

まくしたてる彼女に由乃のことを告げる間もなく、あっという間に一方的にスマホは切れた。

3

待ち合わせの時間より五分ほど早く着いたにもかかわらず、すでに美奈子はそこにいた。

いつもは待たされてばかりなのにと、ちょっぴり洋は妙に思った。

「すみません。美奈子先輩。待たせてしまったみたいで……」

遅れたわけではないが、そこは先輩後輩の縦関係もあって洋は謝った。

「ほんと、私を待たせるなんて、いい度胸ね……。なんてね。たまたまタイミングよく来た電車に乗れただけだから」

無邪気に笑う美奈子に、洋はやはりときめいた。

(だから、ダメだって！　先輩には彼氏がいるし、本気で好きになったらドツボに嵌まるぞ！)

鼓動を早める心臓を諫《いさ》めるように、自らに言い聞かせた。

「んっ？　何か言った？」

あまりにタイミングよく聞き返すので、洋は胸中の言葉を聞かれたのかと慌てた。

「い、いえ。何も……」

「そう？」

「ええ、何も……」

天然の割に、昔から勘のよい先輩に、洋はぶんぶんと首を横に振ってみせた。

「まあ、いいか」

ようやく納得したのか、ニコニコとまた笑った。

何かをたくらむようなパイレーツスマイルが、やけに可愛い。

（先輩、二十二歳になっても、ちっとも変わらないなあ。美少女の面影そのままに大人になった感じだ……）

十代の頃、高校生時分の雰囲気は、今も変わらない。品がよく清純なイメージだ。それでいて、あの頃よりもきっちりと大人の色気を身に着けている。

いつも潤んだようにキラキラと輝く瞳も捨てがたいが、何と言っても美奈子のチャームポイントは、ふっくら肉厚の唇に集約される。

口紅をつけている時でさえ、なぜかその唇は生身でさらされている感じがして、ドキッとさせられるのだ。

「あら、ヒロくん、肩のところに、ゴミがついているよ」

パイレーツスマイルのまま美奈子はふいに接近し、肩口についた糸くずを取ってくれた。さらには、そのまま腕を絡み付けてきた。

彼女のカワイイたくらみは、どうやらこれであったらしい。

「え、せ、先輩？」

戸惑いながらも、あっけらかんと腕を組んでくる美奈子には抗えない。

（こ、これって、美奈子先輩のサインだよなあ……？）

七分丈の白いパンツが、そのまま歩を進め出す。

腕がぎゅっと巻き付いているため、ふっくらとした胸元が肘に当たっている。

思いのほか豊かでやわらかなふくらみに、洋は天にも昇る心地で、レストランまでの道のりもどこをどう歩いたのか判らなくなるほどだった。

「ヒロくん、ねえ、ヒロくん、聞いてる？」

ぼーっとのぼせ上がったままとなり、食事中も洋は美奈子の美貌から目が離せなかった。

「え、あ、いや、すみません。何の話でしたっけ……」

「もう、いやあねえ。ヒロくん、私の胸元でも見惚れてた？」

例のパイレーツスマイルでニコニコしながら、意表を突く美奈子の言葉にぶっと洋は噴き出した。飾らない彼女に痛いところを突かれ、ズキンときたのだ。

フェミニンな薄手のブラウスから、彼女の下着が透けているような気がして、そこを見ていたことも確かだ。けれど、そこにばかりに目がいっていた訳でもない。

視線が捉われたのは、やはりその唇。人間誰でも、ものを食べているときは無防備になるが、もともと無防備な彼女の唇がさらに無防備に動くと、この上なく色っぽく感じられた。

「だから、由乃先生のこと。ヒロくんも部の顧問だった由乃先生を覚えてるでしょ？先生の旦那さん、一昨年に亡くなって、今は未亡人なんだって。この間、駅でばったり会ってね……」

半ばうわの空でいた洋も、由乃の名前が出て真顔となった。

洋も話題にしようと思っていた由乃の話だったが、まさか美奈子からその名を聞くとは思ってもいなかった。

(未亡人って、ああ、だから先生、寂しそうに見えたんだ……)

美奈子の情報で、由乃の微笑に翳りが宿ったわけが知れ、洋は心を痛めた。わずか二年あまりの結婚生活で、夫を失う痛みは相当なはずだ。あるいは教職を退いたのも、そのことと関係があるのかもしれないと、さらに推察した。

「もう、ヒロくんったら、考え事ばかり！　こうしてやるぅっ！」

またしても上の空となった洋が余程気に食わなかったらしく、テーブルの下でヒールを脱いだ美奈子の足の裏が襲ってきた。

やわらかな足の裏が、むぎゅりと洋の股間を圧《お》してくる。

「お、おわぁっ！」

情けない悲鳴をあげてしまい、あわてて周りの様子を窺った。

幸いにも、活気のある店内で、美奈子の大胆な行動に気付いた者はないようだ。

目を白黒させて微妙に腰を引かせる洋を、悪戯っぽい眼差しをした美奈子がさらに押してくる。

(何これ？　こんなシチュエーション、何かの映画で見たぞ！　こんなことが実際に起きるなんて……。しかも、美奈子先輩が！)

足の裏とは思えない感触に、たまらず洋は股間を脹《ふく》らませた。

「話を振った私が悪いのだけど、私といるときは、私のことだけ考えて！」

どうやら美奈子は、由乃に対してカワイイ悋気《りんき》を起こしたらしい。けれど、何ゆえに突然、洋にアプローチを仕掛けてきているのか、判らなかった。

彼女は、決して計算で男をたぶらかすタイプではない。昔からそうだったが、ただ感情の赴《おもむ》くまま動いて、その愛らしさに周りの男が、勝手に振りまわされるだけなのだ。本人の精神性は純粋すぎるぐらい無垢《むく》であり、何の思惑もなく、それが勝手に艶めかしく映る。長い付き合いで、美奈子をそう理解していても、今日のこれは度が過ぎている気がした。

「うふふ。どうだヒロくん。少しは思い知ったか」

屈託《くったく》なく笑いながら、足の裏はまだ洋の股間から退《ど》こうとしない。それどころか、硬くなりはじめた感触を探るように、何度も何度も擦りつけてくる。

少し小高い頬が、心なしか紅潮しているのが判る。

(ええっ！　う、うそ。美奈子先輩が、俺のち×ぽを悪戯して興奮してる)

清純と思っていた美奈子に、こんな一面があるとは思わなかった。

思えば二十二歳の彼女は相変わらず可愛らしくとも、もう大人の女性なのだ。なのに今でも子どものように、自分をそのまま露わにしている感じがする。その行動は高校生の頃と変わらず、やはり無防備だ。けれど、同じ素を見せるのでも、大人の肌と匂いと仕草が際立つ分、どこか艶めかしい。

「先輩、ど、どうして急にこんな……」

そう尋ねずにはいられなかった。

元々ここまで小悪魔的振舞いをする彼女ではなかったからだ。それでいて本気で照れたり、本気で嬉しそうな顔をするところは、いつもの美奈子でしかない。

「だって、ヒロくん、このごろ急にカッコ良くなったから……。ヒロくんて、そんなに凜々しい眉に、涼しげな目をしていたっけ？」

日本人を絵に描いたような一重瞼《ひとえまぶた》の自分の目に、洋はコンプレックスに近いものを持っていた。けれど、美奈子はまさにそこを褒めてくれたのだ。

（社交辞令？　ひょっとしてこれって……。いやいや、待て待て、やはり先輩にからかわれているだけかも。落ち着け俺！）

けれど、じっとりと潤いを帯びた眼差しを向ける美奈子は、ずっと洋の股間を足の裏で押し続けている。

「ホント、なんだか大人っぽくなっちゃって、ちょっと別人みたい……」

二人の人妻に大人へ導かれ、少しは男っぽくなったのだろうかと思う一方、背筋のあたりに何か樹液のようなものが、ものすごい速さで駆け上がるのを感じた。

「お、大人っぽくなっているのは、俺よりも美奈子先輩です。瞳も唇も、ものすごく色っぽくて、お、俺……」

相変わらずの清純そうな雰囲気と、大人の女性に成長した生身の姿。今の彼女にドキドキさせられるのは、そのアンバランスさが妖しいからなのかもしれない。おそらく本人は何も意識していなさそうなところが、余計に洋を惹きつけた。

「うふふ。ヒロくん、やっと素直になってきたね。うんうん、昔のまんまのヒロくんみたいで、よろしい……。ねえ、このあと、私の部屋に来ない？　いいでしょう？」

食欲を満たした美奈子の瞳に、性欲の焔《ほのお》が燃えているような気がした。

訳が分からないながらも、彼女の誘いを断れるはずがない。むしろ、サインを発する美奈子を、自分から口説くべきだったと、洋は今更ながら情けなく感じた。

4

美奈子を送って何度か来たことのある賃貸マンションだったが、室内に招き入れられるのは初めてのことだった。

その部屋は、年頃の女性らしい甘い匂いが満ちていた。小さなワンルームであったが、きれいに整理整頓されていて好ましい。

すでに社会人として働いている美奈子は、しっかりと自立した今どきの女性なのだ。

「コーヒーでも淹《い》れようか。呑むでしょう？」

キッチンスペースに向かおうとする女体を、咄嗟に洋は抱きしめた。

男らしく、カッコよくやるつもりが、抱き寄せた瞬間にバランスを崩し、二人はそのままカーペットの床に尻もちをついた。

「きゃあっ！」と、メゾソプラノの短い悲鳴があがったのが、さらに洋の欲情を誘う。

（部屋に入れてくれたってことは、そういうことですよね、美奈子先輩！）

美奈子をかばうように倒れたから、彼女は驚いただけで痛くはなかったはず。洋は、床に足を投げ出したまま、再び彼女を抱き寄せた。

「ああん、もう。ヒロくんのせっかちぃ……」

いつになく甘えた口調で、顔に落ちてきた髪を掻き上げている。

アッシュグレーに染められた胸元まであるロングスタイルの髪から、ふんわりと甘いローズ系の香りが漂った。

「先輩……」

彼氏がいるはずの美奈子だったが、そっと顔を近づけると、長い睫毛を震わせながらすっと瞳を閉じてくれた。

洋は、ふっくらとした唇に自らの同じ器官を押し付けた。高校生の頃、何度も想像していた感触に、心が震えた。

肉厚の唇はどこまでもグラマラスで、触れた途端、ふんわりと溶けてしまいそうだった。

「ん、ふむん、んんっ！」

上下の唇でツヤめく上唇を摘《つま》み、やさしく引っ張ると、心地よくぷるんぷるんと弾ける。

（どうすれば、こんなにやわらかくなれるのだろう……）

こうして唇を合わせあっていると、恋人同士のようだ。

（もしかして、俺、美奈子先輩の彼氏になれるかも？）

そんな期待も込めて美奈子の瞳の奥を覗くと、困ったような表情で彼女は苦笑した。

「この間、見ちゃったの。ヒロくんが、女の人とホテルに入るところ……。私にも彼氏がいて、文句を言う筋合いじゃないけど。なんとなく嫉妬《や》けちゃって……。だからその、一度だけヒロくんと、ね……」

どうやら美衣と一緒のところを目撃されたらしい。つまりは、可愛がっていた弟のような存在におんなの影を見つけ、寂しくなったのだろうか。

（そっか、そうだよな……。美奈子先輩の彼氏になれるなんて奇跡、そうそう起きないよな）

期待した分、少しだけがっかりした。その様子に美奈子も気がついたようだ。

「可愛《かわい》い弟分を取られたからって、こんなふうに奪い返そうとするのは、いけないかな」

自らの行いを恥じる美奈子に、けれど洋はその言葉に前向きなものも感じ取った。

（もしかして、美奈子先輩は、俺に対する自分の気持ちを確かめたいのかも……）

自惚れに近い自分本位の感じ方かもしれないが、そうでも考えなければ、いくら小悪魔的な美奈子でも、ここまで許してくれるはずがない気がした。

「たとえ今夜だけってことになっても、俺、それでもいいです……」

やさしく微笑みかけると、翳りを帯びていた美奈子の表情がパッと輝いた。

「本当に、一度だけって約束できる？」

「俺、先輩とならそれだけでも、うれしいです」

「うふふ、やっぱりヒロくん、やさしいね」

洋の首筋にすがりつくように美奈子がぎゅっと抱きついてきた。

やわらかな女体から、ふわりと甘い体臭が香り、鼻先をくすぐられると、一度萎《な》えかかった肉塊がまたすぐに力を取り戻した。

「もう、しょうがないヒロくん。ここは、こんなに素直。ねえ、美奈子に何をして欲しい？　今夜だけは、なんでもしてあげるよ」

高校時代からの洋の想いを、美奈子が気付いていないはずがない。それを知っていて、今頃になってその想いに応えようとする身勝手な自分を、恥じているのだろうか。だからこそ健気にも美奈子は、奉仕する気になっているのだろう。

「ええ？　じゃ、じゃあ、美奈子先輩のパイズリ！　先輩のおっぱいに擦りつけたいです！　その後、美奈子先輩のおま×こをナメナメしたい！」

せっかくだから美奈子が彼氏としたことがないようなＳＥＸがしたい。

「パイズリって、おっぱいでするの？　やだぁっ！　ヒロくんのＨ！　思いのほか欲張りなんだね」

一瞬キョトンとした美貌が、すぐにパアッと紅潮していく。自分でも過ぎた要求と思った。それでも美奈子は、体を起こして、その細い手指で濃紺のカーディガンを脱ぎ捨て、薄手のブラウスのボタンを外しにかかる。

カーペットに膝立ちになり、長い睫毛を伏せながら、いそいそと貝殻のようなボタンを外す悩ましい所作を、洋は固唾《かたず》を呑んで見守った。

（ああ、あの、美奈子先輩が、俺の目の前で裸になっていく……）

薄生地のブラウスの前をくつろげると、ネービーカラーのブラジャーに包まれた純白の胸元が現れた。

綺麗に均整のとれたボディラインは、小柄ながら思いのほか肉感的で、決して痩せている訳ではない。いわゆるトランジスタグラマーで、推定Eカップの乳房などは、ぼんと前に突き出た印象だ。

「もう、そんなに見ないでよ。恥ずかしいんだぞ！」

キュートに頬を膨らませてみせる美奈子。あどけなさと大人っぽさが忙しく行き来する。そのアンバランスさが洋をいっそうドキドキさせた。

「だって、先輩のおっぱいですよ。見ない訳にいきません！」

「ほんと、ヒロくんてH。でも、いいわ。ずっと指を咥えて見ていたおっぱいだものね」

七分丈の白いパンツを手早く脱ぎ捨てた彼女は、胸を張るような恰好で背後に手を回した。ついに、ブラジャーを外すつもりなのだ。

「うそみたいだ……。夢を見ているのかなぁ……。おっぱいだ、美奈子先輩のおっぱいだ！」

頭の中だけで叫んだつもりだった。けれど、あまりにポーッとなり過ぎて、そのまま口を突いて出ていたらしい。

「夢じゃないから。ほんとうに美奈子のおっぱいだよ」

美奈子は頬を赤らめながらも、それでいておんなの誇りを刺激されて、ご満悦にも見える。

背後に回っていた手指が、慣れた手つきでホックを外すと、すばやく片手でブラカップを押さえる。お蔭で、悩ましい谷間が一層深くなった。

「もったいつけているわけじゃないからね。恥ずかしいんだからぁ」

大人の無垢さは、そのまま色気に繋がることを、洋はあらためて見せつけられた。

ただただ体を硬くして、眼を獣のように光らせ、美しい素肌を見つめるしかない洋。

痛いほどの視線を浴びてか、白い肌が純ピンクに染まっていく。

「いいわ。ヒロくんに見せてあげるって決めたんだから……」

肉厚の唇でそうつぶやくと、自らブラ紐を抜き取るようにして畳んでいた腕を開いてくれた。

ブラカップが滑り落ちるようにして外れると、白いふくらみがふるんと現れ出《い》でた。

「大きい……」

陶然《とうぜん》とつぶやく洋。あまりの美しさに、それ以外に言葉が浮かばなかった。

誇らしげにツンと上向くふくらみは、いわゆる鳩胸と言うのだろう。ハリ、ツヤ、ボリュームどれ一つとっても申し分なく、完璧なフォルムだ。

白い乳肌に彩りを添える薄紅の乳暈《にゅううん》は綺麗な円を描き、乳首は小粒のワイルドベリーを思わせる。乳暈が一段小高くなって、より乳首がぷっくらとした印象を持たせている。

「き、きれいです。美奈子先輩……」

無防備に素肌を晒した憧れの先輩に、洋は感嘆した。

「ありがとう。でも、私ばかり恥ずかしいのはアンフェアだよ。ヒロくんも脱がせちゃう」

本気で照れている表情を少しだけ小悪魔的なそれに変え、美奈子が洋に迫ってきた。

繊細な手指が、洋のズボンのベルトを外しにかかる。

どうしていいか判らなくなっている洋は、結局大人しく美奈子のするに任せた。

「うわああっ。こ、これって、本当に？　ヒロくんのおち×ちん、こんなに大きいの？」

決して手馴れているとは言えないが、その分丁寧な手つきで全てを脱がせてくれる美奈子が、驚きの声をあげた。

丸く窄めた肉厚の唇が、ものすごくセクシーに映る。

「足で悪戯した時は、硬いのは判っていたけど、こんななんだぁ……」

インパクト十分の大きな瞳が、好奇心にきらきらと輝いている。それでいて、性色にじっとりと潤んでいるのだ。

そんな眼を見ただけで洋は昂ぶり、牡のシンボルをぶるんと跳ね上げた。

「あぁん、すごいっ！　おち×ちんが、いなないたみたいっ」

まさしくその通りで、早く弄《いじ》ってほしいと勝手に分身が先走ったのだ。

「それで、美奈子はどうすればいいの？　これをおっぱいに挟むの？」

パイズリをリクエストした洋も、そう問われてどうするべきかを考えた。

「えーと、じゃ、じゃあ、俺、仰向けになりますね。その方が、やりやすいですよね」

大急ぎで洋は、その場で仰向けに寝そべった。

起毛のモコモコとしたカーペットの感触が、ちょっと気持ちよかった。

けれど、その感触はすぐにさらに気持ちのよい感触の前に色あせていった。仰向けの洋の上に、美奈子が上体をまとわりつけるようにして、素肌を擦りつけてくれたのだ。

「うわあああっ！　蕩けるぅ〜っ！」

クリームでも塗りつけたようなツルスベの美肌。ピチピチとハリがあって、それでいてしっとりしているから不思議だ。

「もう！　ヒロくん、なんでも大げさだよぉ」

恥じらいを浮かべた表情の美奈子は、けれどどこか誇らしげでもある。

（ああ、やっぱり先輩、カワイイっ！　なのになんて色っぽいのだろう……）

くせ毛風のルーズウェーブの髪を、彼女が何気なく掻き上げると、丸く窪んだ腋の下が丸見えとなった。

どこもかしこもが色濃くおんなを感じさせる美奈子に、洋はまたしてもぎゅっと菊座を絞り、たっぷりと血液を集めた屹立を跳ね上げた。

「やだぁっ、本当に待ちきれないのね……。おち×ちん、びくんびくんしてるよ」

蠢く強張《こわば》りを美奈子の手指が、恐々《おそるおそる》といった感じでつかまえた。

「硬くて、熱い……。これを胸の谷間に挟めばいいのね？」

ゆっくりと上体を傾《かし》がせて、魅惑の谷間が屹立に近づいた。

たっぷりとした乳丘は、けれどその肌のハリのせいか、前かがみになってもさほど容《かたち》を変えさせない。

「うわああっ、せ、先輩のおっぱいに包まれるぅ！」

その官能は、いきなりはじまった。スライム状の乳脂肪が、敏感な裏筋に沿って、まとわりつくのだ。なめらかな乳肌が、むにゅりと押し付けられ、やさしい圧迫に思わず尻を持ち上げていく。

「あん、だめよ。じっとしていて……。美奈子がしてあげるのだから……」

彼女の声が詰《なじ》るような甘えるような、聞いたことのない響きで掠れた。

「だ、だって、美奈子先輩のおっぱい、気持ちよすぎで、やばいです！」

素直に褒めそやすと、上目遣いの瞳がうれしそうに輝いた。肉厚の唇から白い歯列が零れ、艶めいた表情を見せてくれる。

「美奈子も興奮してきたみたい。ヒロくんのおち×ちんがすごいからだよ。ドクンドクンおっぱいのあいだで脈打つんだもの……」

肉房の左右から手をあてがい、圧迫していた美奈子は、少しずつ上体を揺らしはじめた。

そそり立つペニスに沿わせて、擦りつけを味わわせてくれるのだ。

「ぐはあああっ！　せ、先輩っ！　そ、それ最高！　超いいっ!!」

ローションなど必要がないほどすべやかな肌に、洋が吹き零した先走り汁がなすりつけられると、美奈子のパイズリはさらに熱を帯びた。

「ああん、こんないやらしいこと、はじめてするの……。彼にだってしてあげたことないんだぞ！　ああ、なのにどうしよう、本当に美奈子、興奮してるぅっ！」

たぷたぷ、ずちゃずちゃと乳房を揺すらせて甲斐甲斐しく擦りつけながら、持ち上げたお尻を愛らしく左右に振っている。

太腿をモジつかせ、昂ぶる花びらを擦りあわせているのだ。

（すごい、すごい、すごいっ！　あの美奈子先輩が発情してるよ！）

首を持ち上げて様子を窺っていた洋には、彼女の疼きが手に取るように判った。分身にこそばゆさが走るのは、美奈子が乳首を勃起させているからだ。

パイズリにいそしむ乳房が、激しく上下に動くたび、乳首がくにくにとよじれていく。その可憐で健気な佇まいに、洋は歓びの溜め息をこぼした。

「ぐうううっ！　うおっ、うぐぐぐっ。くはおぉぉ〜っ」

息を弾ませ、乳房を揺らしている美奈子。胸元にのぞく充血しきった亀頭が、ぬらつきはじめた白肌に淫らに映える。

「我慢しなくていいから、いつでも射精《だ》してね」

圧倒的な美奈子の乳圧に負けた亀頭は、先端の鈴口を、ぱくり、ぱくりと開閉させる。それを見て、何を思ったのか美奈子が舌を出し、あえかに開いた小便穴に、固く尖らせた舌先を、ずぷと浅く突き刺した。

「はぉ、あぁっ！」

あまりの衝撃に腰から力が抜け、放出しそうになる。かろうじて堪えられたのは、長らく想い続けた美奈子への執着に過ぎない。

そんな洋を、上目遣いに一瞥《いちべつ》すると、本格的な舌遣いがはじまった。

ちろちろ……れろ、れろれろん……ぐに、ぐにぐにぐに……きゅぽっ、くぽっ――。

ピンクの舌が、亀頭表面を舐め回り、尿道の内側粘膜に、硬直させた先端を容赦なく突き刺してくる。しかも、左右からの乳圧が、ぱふぱふとやわらかくも悩ましく攻め続ける。

「ぐぬぅっ！　お、あっ！　ん、んごぉっ！」

美奈子の舌が、濡れ音を響かせるたび、洋は喜悦の叫びで後を追う。我慢汁が、舌と穴との隙間から、じわじわだらだらこぼれ、勃起に沿って垂れ流れ、乳肉摩擦に攪拌された。

5

「ま、待った！　美奈子先輩、ちょっと待って、ストップ！」

すさまじい悦楽に耐え切れなくなった洋は、ついに美奈子に待ったをかけた。

「だめっ。待ったはなし。　イキそうだからって、ヒロくん、ずるい！」

射精寸前であることを見透かされ、詰られても、洋は待ったを言い募った。

「ちょっと待ってください。ずるいのは、先輩です。おしゃぶりまで、されたらたまらなくなるのは当然です！」

「たまらなくなって、いいじゃない。何が不満なの？」

言い返されて、言葉に詰まった。確かにその通りで、気持ちよくなって射精することに否《いな》やはない。けれど、洋には、憧れの先輩を攻略したい気持ちもあるのだ。

「ナメナメしたいのは、俺の方です！　だから、待った!!」

「うふふ、わがままなヒロくんねえ。でも、カワイイっ。それで、今度はどうしてほしいの？」

ようやく引き下がる美奈子に、洋はさらなる要求を突き付けた。

「まずは先輩のおま×こが見たいです！」

紅潮させていた頬が、さらにのぼせたように真っ赤になった。それでも美奈子は、こくりと頷き、自らのネービーのパンティに手をかけた。

立膝となった美奈子は、一瞬ためらいを見せたものの、思い切ったように一気にパンティをずり降ろした。

「ああっ！」

羞恥の吐息を漏らしながら美奈子は太腿を閉ざした。

ついに、何も身につけていない、生まれたままの姿となった憧れの女性がそこにいる。

「すごく……綺麗です」

「もう、ヒロくん、美奈子を恥ずかしい目にあわせてばかり……」

紅潮させた頬を拗《す》ねたように膨らませる美奈子。やはり彼女は、カワイイおんななのだ。

「う、うん。すみません。でも、やっぱり先輩のおま×こ、見たい！」

「ほんとうに、恥ずかしいのよ……でもいいよ。見て！」

美奈子はカーペットの上に腰を下ろし、閉ざした太腿を、ゆっくりと横に開いた。

美脚がかすかに震えている。大人に見えていた彼女も、やはりひとりのおんなであり、懸命に羞恥を堪えながら、洋にすべてを晒してくれるのだ。

「美奈子先輩、広げてくれますか？　自分の指で、おま×こを思い切りいやらしく」

身を乗り出した洋は、興奮に息を乱し、さっきよりも強い調子でねだった。

「普段はおとなしいヒロくんに、美奈子が火を点けてしまったみたいね……」

「ごめんね、先輩。俺、ひどいお願いをしてるのかなぁ。でも先輩のHな裸を見てたら我慢できなくなって。どんどんおかしくなってきちゃうんです」

洋はせつない声で謝りながらも、懸命に訴えた。苦しげに息を荒げ、ケダモノじみた手つきで天を衝《つ》く極太を扱《しご》いている。

「ああん、やっぱりヒロくん、カワイイ！　美奈子もおかしくなっちゃう……。ヒロくん、こうなの？　ねえ、こうかしら？」

聡明であったはずの理性を芯まで蕩けさせ、美奈子が悩ましくぶるぶると女体を震わせた。

すっかり女体を火照らせて、洋同様にハアハア熱い息を吐いている。

「いいわ。広げるのね。美奈子のおま×こ、奥まで見てっ！」

半ば被虐的に美奈子はつぶやき、鼠蹊部の腱《けん》を思いきり引きつらせた、あられもないガニ股ポーズのまま、身体を二つ折りにして仰向けとなった。

明らかに洋の視線を意識しつつ、お尻を浮かせ、内ももに両手を潜らせている。細い指を伸ばして股のつけ根に伸ばした。

ごくりと洋が生唾《なまつば》を呑む音さえ、大きく聞こえるほど部屋の中は静まり返っている。

繊細な指先が、今にも満開にほころびかけた二枚の花びらをクチュッと割り開いた。

にちゃ、ぴちゅっ……。

淫らがましい濡れ音と共に、ついに肉の帳《とばり》が開き、秘しておきたいはずの膣粘膜をあけすけに晒してくれた。

「おおおぉ、おま×こだ。美奈子先輩のHなおま×こだ！」

美奈子が媚肉を広げるやいなや、洋の興奮はさらにボルテージを上げた。乗り出していた体を、今にも食いつかんばかりに股間に近づけ、疼く勃起を自らの手指で宥《なだ》めている。

「いやん、近い。ヒロくん。顔が近過ぎる。ああん、恥ずかしい……」

ひし形にひしゃげた深窓は、薄赤い肉が切れ込んだようになっていて、左右を幾重にも折り畳まれた肉襞が密集している。

新鮮な肉色をした膣襞は、透明な体液にねっとりと濡れていた。

「ああ、おま×こがいやらしく濡れ光ってる。見えてますよ。綺麗なピンク色。こ、ここ、ここに、ち×ぽが入るなんて、たまりません！」

生温かな吐息を、すべすべした内ももに吹きかける。敏感になった素肌は、それだけでも感じてしまうようで、ざわざわと鳥肌立った。

「いやん、そんなHなこと言わないで。ああン、そんなに近くで見ちゃ……」

ぶちゅぶちゅ。ぶちゅちゅちゅう――。

「きゃああ。だめ。見ないで。お願いっ！」

無防備に発情しきった牝が本能的に膣肉を蠢かしたらしい。ヒクヒクと花びらが震えたかと思うと、肉壁が淫らに収縮をはじめ、さらなる蜜を搾り出していた。

周囲にさらに濃密な発情臭が香り立ったばかりか、漏れ出した汁が糸を引いてカーペットの床に滴《したた》った。

「ああ、こんなにお汁を垂らして、もったいないです！」

洋は手指を伸ばし、トロトロの淫蜜をすくい取り、自らの唇に運んだ。

甘酸っぱくも塩辛い蜜汁は、本気汁らしくねっとりとした粘り気を含んでいる。

美奈子は羞恥に頬を染めながら、官能に潤んだ瞳で洋の様子を見上げている。

「うわああ、濃厚なお汁っ！　すごく美味しいです。本当にもったいないから全部飲んじゃいますね」

「ああん、舐めちゃうの？　こんなにぐちょぐちょの、美奈子のおま×こ、舐めちゃう気なのね……。きっと、美奈子乱れちゃうよ。それでも、軽蔑しないでね……」

「軽蔑なんかしません。どんなに乱れても大好きな美奈子先輩ですから」

洋はべーっと舌を伸ばし、美奈子の女陰に近づけた。淫熱を孕《はら》んだ亀裂に沿って、ぞぞぞっと舐めあげる。ぬるぬるとした感触が舌先にまとわりついた。

「はうんっ……。ああ、感じちゃうっ！　敏感すぎて、怖いくらい。ねえ、ヒロくん、優しくして……はぉぅン……その上のほうにある小さなお豆みたいなのわかる？　ク、クリトリス……女の子の身体で一番感じる場所、そ、そこも……あっ、ああんっ!!」

クレヴァスの合わせ目を凝視すると、包皮に隠れたピンク色の小さな豆が恥じらい深く覗いているのが判った。洋は美奈子の女陰から漏れ出る分泌液を舌先でこそぎ、濡れを運ぶようにしてその肉芽を捉えた。

途端に折り畳まれていた美脚が、ばたばたと宙を蹴った。

「あああああっ！」

肉厚の唇が甲高い官能の叫びをあげ、女体が派手にひくついた。

「気持ちいいですか？」

「はぅうっ、す、すごいの……だめになってしまいそう……。頭のなかがぐるぐるするの……ああン、身体が溶けていくぅ」

さらに洋は舌先をすぼめ、美奈子の肉孔にめり込ませた。

つぶつぶした肉壁の舌触り。密生した襞の一つ一つを舌先でまさぐるようにして、彼女の性神経を味わうのだ。

「本当に気持ちよさそうですね？　先輩、すごく色っぽいです」

褒めそやしても、美奈子は恥ずかしそうだ。それでいて、背筋をふるわせ、艶めかしい喘ぎは収まらない。ほとんど泣きじゃくるようにして、悦楽に痺れている。

「ヒ……ヒロくんの舌が……ああん、おなかのなかを舐めている……。こんなに恥ずかしいのに、でも気持ちいいっ……。ああ、どうしよう。美奈子、もっと、して欲しくなってる……恥ずかしいのに、もっとして欲しいのっ……あ、ああンッ」

あられもなく蕩ける美奈子の嬌態《きようたい》に、洋は信じられないものを見る思いがした。しかも、もう一押しもすれば、彼女は昇り詰めてしまいそうなのだ。

はしたなくも脚を大きく広げ、足をプラプラさせて身悶える美奈子に、洋は息を継ぐことも忘れて女陰を舐めしゃぶった。

「くふぅん、気持ちいいよぉ……。こんなに気持ちいいの、初めて……。あ、あ、ああん」

縦割れにべっとりと唇をつけ、ずずずずっと吸い上げた。

「ひあうっ！　そ、それ、だ、だめぇっ、吸わないで、吸っちゃいやぁっ！」

宙に浮いたままの細腰が、がくがくがくんと引き攣《つ》った。

兆《きざ》しきった頰が強張り、セクシーな唇がわなわなと震えている。

ここぞとばかりに洋は、情感に溺れる美奈子のクリトリスに指先をあてがった。なるたけ優しくあやしたつもりが、包皮がつるんと剝けておんなの芯が零れ出てしまった。その瞬間の美奈子の乱れようは凄まじかった。

「ひっ！　んあ、ああああぁっ！」

中音域にあったはずの美声が、一気にオクターブを上げた。

大きな眼がぐっと見ひらかれる。それでいて、妖しく濡れた瞳は、焦点を失っていた。

「ヒロくん、もう許して……。美奈子、イッちゃうよう……」

うれしい告白に、洋の脳髄は痺れきっている。

見境を失くし、ただひたすら美奈子のイキ様《ざま》を見たくて、再びずずずっと淫裂を吸い上げた。

「あはあっ、ほんとうにもうダメぇっ、ヒロくん、ああ、ヒロくぅん！」

追いつめられて、身を捩《よじ》り叫ぶ美奈子。洋は恍惚《こうこつ》の表情で、その愛蜜を飲み干していく。

指先では肉芽を捉え、熱い快楽の源泉をゆらゆらと刺激しつづけている。それに応えるように美奈子の腰は悶え、はしたなく肉悦のダンスを踊り狂っていた。もう自分の身体ではないかのようだ。

「ああ、イクっ！　美奈子、イッちゃうっ。イク、イク、イクぅっ！」

膣奥から飛沫《しぶき》を上げて、どっと本気汁が吹き零される。

絶頂に押し上げられた女体が、ぶるぶるぶると瘧《おこり》のように震えた。

間欠泉のように噴き上がった愛液が、惜しげもなく洋に浴びせかけられる。

「すごいっ。美奈子先輩がイッてる。あの美奈子先輩が、潮を吹いてイッてるんだ！」

熱く快哉《かいさい》を叫びながら、それでも洋は肉責めを止めようとしない。

つんと尖りきったおんなの芯に吸いつくと舌先で突っついた。さらには、あやすように優しく転がしておいて、唇に含んでチューッと吸いあげる。

「ひあああっ！　だめっ、今イッてるのに……。だめ、だめ、だめぇ……っ」

せり上がる快感に身を仰《の》け反《ぞ》らせながらも、美奈子の女体はアクメを貪っている。

鋭く全身を走る、得も言われぬ快感に、感極まって美貌が歪んでいる。にもかかわらず、どこまでも美奈子は美しい。

「イッてください。いっぱいイッて！　よがりまくる先輩を、覚えておきたい……」

熱く痺れた女体は、二度三度と絶頂を極めている。女陰に手指を挿し込み膣内をかきまわすと子宮が収縮し、膣口は感極まったように指の根元をキューンと締めつけた。

「もうだめ、ヒロくん、美奈子、壊れちゃうよぉ……」

泣き言を吐きながらも、ぐっと息んでは、豊麗《ほうれい》な女体を派手に震わせる美奈子。連続絶頂にイキまくり、色気をたっぷりと載せたヒップを淫らに旋回させている。

(こんなにいやらしい表情の先輩、見たことない！)

狂おしいばかりの嬌態を見せつけられ、責めに忙しくてしばらく触っていなかった牡《おす》のシンボルが、じんじんと痺れきっていた。

6

「もう限界。美奈子先輩が欲しいっ！　挿入《いれ》させてください……」

本能に任せた超絶クンニに、息も絶え絶えの美奈子。それでいて期待に満ちた微笑を口元に浮かべている。

「こ、今度はどうすればいい？　ヒロくんの好きにさせてあげるはずでしょう？」

かわした約束を免罪符に、美奈子はおんなを解放させている。

「うん。そうですね。じゃあ、ぎゅっと抱き合うようにして、ひとつになりましょう」

それがどういう交わりか、美奈子には想像がつかなかったようで、一瞬きょとんとしたように小首を傾げた。

洋は、微笑みながらカーペットに腰を下ろし、上体を起こした。

「来てください」

両腕を広げ美奈子を促すと、美貌がこくりと頷いた。

しなやかな女体を四つん這いにして、雌猫のように近づいてくる。

胡坐《あぐら》を組んだ洋に、おずおずと美奈子が跨った。

「このまま繋がるのね。ああん、なんだかいやらしい……」

自らが迎え入れる形となるため、余計に羞恥を煽られるらしい。

それでも、つるつるした腕が首筋に絡みつき、交合の準備が着実に整えられていく。

(ああ、美奈子先輩が、自分から俺のち×ぽを嵌めようとしている……)

洋は欲情の業火に身を焼きつくしながら、ゆっくりとした美奈子の動きを視姦した。

どくどくと激しく脈打つ血管が、浅黒い男根をパンパンに張りつめさせている。

その艶光りする亀頭部に、ぬめる媚肉が触れた。

「い、挿入《いれ》るね……」

美貌を真っ赤にしながら美奈子が艶冶に微笑んだ。

くにゅぽっと、亀頭部が肉の帳《とばり》を潜《くぐ》ると、ぬるぬるの女肉に包みこまれる感触が続く。

「あぁっうっ！」

可憐な美貌が半ば仰け反りながらも、ゆっくりと細腰が沈んでくる。

「ひうっ、あぁっ！」

　優美な眉根をきゅっと寄せ、肉厚の唇をあえかに開く美奈子の表情。洋を切なくもやるせない気持ちにさせる扇情的な艶姿。まとわりつく素肌や媚肉の凄まじいまでの心地よさ。これまで体験させてくれた誰よりも、狭隘な肉路の締め付け。そのどれもこれもが、美奈子が極上の女であることを証明している。

「ああ、ヒロくんすごい。おっきなおち×ちんに、なかを拡げられているみたい……。ああ、苦しいくらいにすごいのぉっ！」

細管のような胎内では、さすがにいちどきに迎え入れるのは難しかったらしく、美奈子は洋の首筋にすがりつくようにして挿入を止めた。

「大丈夫ですか？　無理しなくてもいいですからね……」

細腰を両手で支えながら、美奈子を気遣った。大切な相手なだけに、痛みはなるべく与えたくない。

「う、うん。大丈夫。ちゃんとヒロくんとひとつになるから任せて……」

ふう、ふうとお腹から息を吐き出すようにして、力を緩めようとする美奈子。めり込んだ怒張に膣肉が慣れるのを待っているのだろう。

「いいわ。もう大丈夫。続き、するね……」

均整の取れたボディラインが、思い切ったようにさらに沈み込んでいく。内側に体重を支えていた膝小僧が、徐々に開かれてマシュマロヒップがついに洋の太腿に到達した。

「ああ、挿入《はい》った……。ヒロくんのおち×ちん、美奈子のなかに！」

はぁはぁと、辛そうな息を吐きながらも、健気に笑って見せる美奈子。そのやさしさが身に染みて、洋は眦《まなじり》に涙を浮かべた。

「み、美奈子先輩……」

「やだ、ヒロくん泣いてるの？　感激し過ぎ……」

子供をあやすような口調で、美奈子が頭をむぎゅっと抱きしめてくれた。

胸板に汗まみれのふくらみが、押し付けられる。油を塗ったゴムまりのようで最高に気色いい。

「ほら、ヒロくん。気持ちよくなろう。ちゅーしようよ」

照れるような表情ながら、あっけらかんとキスを求める美奈子は、やはり無防備でカワイイ。

「うん。先輩とちゅーしたい！　んーっ」

唇を窄め、彼女から近づいてくるのを待ち受ける。すると、美奈子がぷっと吹き出した。

「ええ、何かおかしいのですか？」

「ごめん、ごめん……。だって、泣いていたくせに、そんなすぐに唇を窄めて……」

美奈子が屈託なく笑ってくれると、それだけで洋はしあわせになれる。まして、今はその彼女と繋がっているのだ。感情が激しく左右に振れるのも、仕方がなかった。

「変顔になってました？」

こくんと頷いた美奈子は、それでもすぐに真顔になって、その唇を近づけてきた。

半開きにした唇に、肉厚の唇がピタリと重なる。ヌラヌラした舌が触手のように、口の中を占めてきて、べったりと舌を絡めてくる。その舌を洋は、強く吸った。

「んんんっ、んんんーっ」

濃厚なディープキスに、膣肉がざわざわっと蠢いた。美奈子の濡れた瞳が、さらにうっとりと蕩け出し、虚《うつ》ろな表情を浮かべている。

「むほん、ほふぅっ……あ、はあァ……くふううん」

息苦しくも激しいキスは、攻守を変えて唇を求めあう。

小鼻を膨らませ息継ぎする美奈子は、ハッとするほど色っぽい。薄目でその様子を眺めていた洋と、ふいに目を開けた彼女とで、視線が絡み合った。

「そんな、ジッと観察していたのね」

弾かれたように顔を背《そむ》けた美奈子は、情感に溺れている自らを恥じるようにつぶやいた。

洋は汗に湿った美奈子の髪を梳り、白い首筋にねっとりと熱い舌を這わせた。

「あふうッ、た、たまらないッ……」

ゆっくりと両手を持ち上げ、量感たっぷりな双の鳩胸を下方からこねあげる。ずっしりとした重みを、十本の指で揉みしだき、淫猥にひしゃげさせる。

「はふんっ！　ああ……お願い、もう許してぇ」

ついに、美奈子がなんとも切なげに訴えてきた。

「どうしたの？　痛かったです？」

「ち、違うの……動かしてほしいの……ねえ、ちょうだいっ！」

うれしいおねだりに、洋は内心で「やった!」と快哉を叫んでいた。けれど、そこは自制して、はやる気持ちをなんとか抑える。

「だったら、美奈子先輩から動かしてください。先輩が気持ちいいように、動かしてくださいよ!」

「ああ、そんな、美奈子からだなんて……。でも、こんなに気持ちよくなったら、今すぐにでも動かないと我慢できないっ!」

美奈子は切なげにひとりごちてから、躊躇《ためら》いがちに腰部を動かしはじめた。

蟹足に折った膝を使い、洋の太腿の上をマシュマロヒップが退いていく。

「くふっ……は、あ、あぁっ……。あん、いいっ! ねえ、いいっ」

カリ首が抜け落ちる寸前、一転して蜂腰が戻ってくる。

「は、んああっ、んっ、んんふっ!」

野太い男根を根元まで呑み込もうと、美奈子が腰をくねらせる。しかし、やはり羞恥が勝《まさ》るのか、その動きはなんとも遠慮がちなものだった。

「もっと動かして。もっと気持ちよくなりたいのでしょう?」

洋は親指と人差し指で乳首を摘み、きゅっとひねりあげた。

「んああっ!」

女体が感電したように引き攣り、媚肉が驚いたように引き締まる。敏感になった肉体は、もはや乱暴に扱っても問題ない。むしろ、手荒いくらいの方が、刺激的らしく感度もいいようだ。

「あうぅっ……み、美奈子……はしたない……ああ、でもやめられないっ」

頬を薔薇色に染めながら、美奈子は円を描くように腰をくねらせはじめる。クチュクチュと、肉棒が膣肉を掻きまわす音が淫らに響く。

緩やかな腰使いだったが、亀頭のエラ部と柔襞は十分以上に擦れている。洋は腰から下が蕩けるような官能に浸された。

美奈子は眉間に深い皺を寄せて、後ろ手に洋の膝部をギュッと掴んだ。

上体に少し距離ができたお蔭で、互いの結合部がはっきりと丸見えになった。

ぱつぱつに拡がった女陰部に、極太の硬直が突き刺さっている。肉花びらがすがるように、竿幹にぴっとりとまとわりついている。

トロトロと滲みだした蜜液が、白い泡混じりに屹立にまぶされている。

「ああっ……」

美奈子の裸身がピクッと震える。

肉茎の半ばほどまでを、呑み込んでは抜き出し、膣の浅瀬に擦りつけている。洋は、挿入のタイミングで腰を強く押し出し、ぎゅんと膣奥深くまでを抉《えぐ》った。

ごりんとした手応えを確実に感じた。悦楽に降りてきた子宮口に、鈴口が当たったのだ。

「ほううううっ！」

甲高い声で牝が呻《うめ》いた。

「ああ、すごいっ！　ゴリゴリ奥で擦れてる。ねえ、すごくいいっ！」

交合ならではの厚みのある悦楽に酔い痴れる美奈子。膣内の壁という壁が一度に擦られて、おんなの感覚を狂わせている。

「ほら、もっと自分でも激しく動かしてください！　もっと、もっと気持ちよくなれるでしょう？」

虚ろな眼差しがこくりと頷くと、細腰がクンと持ち上がり、抽送のピッチを上げはじめた。

「おうん、んふんっ、あううっ……」

ずちゅっ、ぢゅぷっ！　ぬちゅっ、ぬぽゃっ！　ぐちゅっ、にゅぴゅっ──。

長い睫毛を色っぽくしばたたかせながら両手で身体を支え、美奈子が激しく下腹部を揺すらせる。悩ましい艶声を絶えず漏らしながら、勃起に肉襞を擦りつけ、洋を追いこもうとするのだ。

「ああん、ダメになる。こんなに気持ちぃいの覚えたら、美奈子堕落しちゃうっ！」

淫らなリズムを取りながら、蠢く肉襞が竿幹をしごきたてる。強い締め付けと共に、ざらついた天井部に亀頭部が擦れ、さらには、ずっぽりと付け根までを呑み込まれ、たっぷりと刺激してくれるのだ。

「あっ、あっ、あぁぁっ……だ、だめっ！　気持ちよすぎ、これ以上しちゃうと……」

「これ以上すると、どうなるのですか？」

「み、美奈子……ん、ああん……またイッてしまう」

「イッてもいいですよ、先輩っ！」

洋は美奈子を串刺しにするような勢いで、腰をぐいと浮かして女陰を抉った。

薄いお腹の肉が、肉棒の容《かたち》に盛り上がるのではないかと思うほど、強く突き上げた。

「はああっ！　奥にっ！　ひあぁぁっ、いいっ！　いいぃぃ……！」

あられもないよがり声に、洋の理性がぶち切れた。さんざめく射精衝動に、我慢の限界がきたのだ。

「ぐおおっ、先輩っ！」

がばっと、女体を背後に押し倒し、正常位に整え直すと、猛然と腰を打ち振りはじめる。

「え、あ、ヒロくん？　ああっ、ダメぇ、そんなに激しくしちゃあ、美奈子、イクぅっ！」

暴れるような抽送に晒《さら》され、美奈子は泣きじゃくるようにして横たえた裸身をくねらせる。彼女も完全に官能のスイッチが入り、自分を抑えられなくなってしまっているらしい。

「うおおおっ、中がうねって……超きもちいいですっ、美奈子先輩、俺、おれぇっ！」

高嶺の花を組み敷いて、激しい打ちつけをくりかえす満足感。洋の頭の中で、いくつもの花火が誘爆した。

肉柱をくまなく媚肉にしごかれ、柔襞に亀頭を舐め回されたうえ、根元まで締め付けられては、洋にはもう余裕がない。とっくに感覚のなくなった勃起から、すさまじい快感の波が次々と押し寄せ、もはや射精することしか考えられないのだ。

「くふうん、もう限界。ヒロくん、美奈子イクッ、ああ、イク、イクぅっ！」

くねり悶えては美奈子の腰部がドスンと床に落ちる。汗まみれの女体が、びくびくびくんと派手に引き攣った。

昇りつめた膣肉は、急に締め付けが止み、バルーン状に膨らんだ。牝の本能が受精しやすいように備えているのだ。子宮の位置が下がっているのも、子種をより多く迎え入れるためのもの。

「きて、ヒロくんの精子、美奈子の膣中に……」

肉体ばかりではなく、言葉でも中出しを許してくれる美奈子に、洋は漲《みなぎ》る亀頭部で子宮壁を強打した。

ごつごつと激しく当たるたび、熱い射精衝動が限界を迎える。

「ぐあああっ、イキますっ！　お、俺も、射精《で》るうぅぅ〜っ！」

とどめの一突きとばかりに最奥に埋め込み、鈴口と子宮口を熱く口づけさせる。がばっと上体を美しい女体に覆い被らせ、肉厚の唇を奪い取った。

「ふむん、うぶうぅっ、ああ、きてる、美奈子のなかに、くふうううぅっ」

びゅびゅびゅ、びゅびゅびゅ、びゅるるる――。

溜りに溜まった熱い劣情を、憧れの高嶺の花の胎内に放出した。

ぶびゅ、ぶちゅるる、どっぷ、どっく――。

猛々しい勃起を何度も跳ね上げ、夥《おびただ》しい射精をひどく長く続ける。

それも当然だった。洋はいま、最高に、しあわせなのだ。美奈子のつんと上向きのバストを掌に収め、チャームポイントの唇にキスを見舞いつつ、極上の媚肉の中に射精しているのだから。

(ずっと、こうしたかった。先輩、ああ、先輩ぃ～っ!)

美奈子の全身が間欠的にヒクついた。震えは断続的に全身に拡がり、とくに秘唇周辺から太腿までの震えが激しくなっている。

「ぬふうぅっ、ふおおお、ふぬぅぅっ」

「ぐふっ、むぬうううっ、がふぅぅっ」

同時に達したふたりは、とめどなく続く愉悦に、同じように喉を震わせている。

濃厚な口づけが止んだのは、たっぷりと射精して、すっかり分身が萎《な》えてからだった。

「美奈子先輩、最高でした」

「うふふ、ヒロくんもよ」

例の照れたような表情も、きらきらとおんなの満足に輝いている。その貌《かお》を見ているだけで、またしても洋はムラムラしてしまう。

「ええ、うそっ! ど、どうして?」

精液をたっぷりと吸った肉壺の中で、美奈子は、洋の肉塊が徐々に復活していくのを感じ取ったようだ。

「だって、先輩がもの凄く素敵だから……」

その夜、ふたりはもう二回愛しあった。どちらもしまいには、半ばまどろんだまま身体を押し付けあい、互いが互いの腕の中で意識を失うまで、全てを欲望のままに貪《むさぼ》りあったのだった。

第四章　恥じらい未亡人

1

五月の薫風を胸いっぱい吸い込むと、腹の虫がぐうと鳴った。

「今日も〝トング〟に行くか……」

洋は商店街の方角に脚を向けた。

例のベーカリーショップでパンを買い、キャンパスで食べるつもりだ。

本当は、もう少し腹に溜まるものを食べたかったが、目的が空腹を満たすことだけではないのだから仕方がない。

パン屋の彼女のことを思い浮かべると、なんとなく理紗や美衣、美奈子のことも心に思い浮かぶ。

三人とも、一夜限りと言いながら、結局その後も関係が続いている。けれど洋としては、モテている実感はない。三人が三人共に、夫や恋人といった大切な存在があり、オンリーワンになれたわけではないからだ。それでも洋としては、三人の美女にお相手してもらえるだけでも、身に余る光栄と思っている。

（でも、やっぱり恋人は欲しいよ……）

自分を独占欲の強い人間だとは思っていなかったが、やはり自分だけを愛してくれる存在が欲しいと思ってしまう。

男なら当然の欲望かもしれないが、だからと言って、それを満たす相手としてベーカリーの彼女を見初《みそ》めたわけでもない。もっと彼女への想いは純粋なものだ。実際、その姿を思い浮かべるだけで、心臓がドキドキしてしまうほどなのだから。

美奈子に対する憧れの想いとも違う気がする。甘酸っぱい想いは同じだが、ベーカリーの彼女には、例え自分が破滅しても構わないと思えるほどの、強い気持ちが芽生えていた。

事実、二日と置かずパン屋通いをしているため、エンゲル係数はぐんと跳ねあがり、家計がいつ破たんしてもおかしくない状況にある。

（要するに、完璧に片想いしているってことか……）

普段であれば、自分を客観視できる洋だが、彼女の前ではいつも頭の中が真っ白になってしまい、傍《はた》からは挙動不審にも見えるはずだ。もしかすると、彼女にも変人と映っているかもしれない。

そう思うと、言い知れぬ焦燥に似たものが込み上げてくる。

(まいったなあ、なんとかしなくちゃなあ……。神様、今日こそは……)

理紗や美奈子たちと立て続けに淫行に及んでいて、さらにこれ以上神頼みするのもおこがましいが、洋としては切実だった。

ジーンズの尻ポケットにねじ込んである財布に触れ、例のおみくじに願掛けをした。そのご利益があったものか、ふと、向こうを見渡すと、店の前を掃除している彼女の姿を見つけた。恋い焦がれる相手だけに、距離があっても見紛《みまご》うことはない。

(うおおおおっ！　大チャンス!!　神様ありがとうございます。俺、頑張ります！)

早くも高鳴る動悸《どうき》を抑えようもなく、勇んで歩を速める。その間も頭の中では、なんと声をかけようかと、目まぐるしくシミュレーションを繰り広げる。

若草色を基調とした制服を身に着けた彼女は、洋が近づいていることにも気がつかず、丁寧に道端を掃《は》いている。

(きれい好きなのかなぁ……。あんなに熱心に掃除して……)

晩春の昼下がり、眩い陽光に包まれた彼女は、自らも内面から光り輝いているようだ。

洋は、まるで美しい花に引寄せられる蜜蜂よろしく、まっすぐ彼女に歩み寄った。

他人の気配にようやく気付いたのか、彼女が剝き卵のような小顔をふいに上げた。

洋の存在に、一瞬驚いたような表情をしたものの、すぐにやわらかい笑みを浮かべ、几帳面にお辞儀をした。

「いらっしゃいませ」と言いかけて彼女は、「こんにちは」と言い直した。

店の前を通りかかっただけかもと、思ったのだろう。

(畜生、やっぱりカワイイなぁ……。それに、なんかこう上品なんだよなあ……)

相変わらず、指先まで意識が行き届いている。何気ない仕草や言葉使いに品のよさが窺えるのは、きちんとした躾《しつけ》を受けてきた証拠に思える。恐らく彼女は、しっかりとした家庭で大切に育てられてきた娘さんなのだろう。

「こ、こんにちは……」

なんとか挨拶を返したが、そこで洋の頭はいつもの如く真っ白になっていた。まるで蛇ににらまれたカエルのように、動くことも声を出すこともできないのだ。

「あの、うちにいらしてくれたのですよね？」

言葉の接ぎ穂を探していた洋に、さりげない声を彼女から掛けてくれた。

「は、はい」

勢い込んで頷くと、眩いまでの笑顔が、再び丁寧にお辞儀した。

「いつもありがとうございます。あの、お客さま、失礼ですがお名前を伺っても構いませんか？　お得意様のお名前も存じ上げないのも失礼ですから……」

ソフトなアルトの声質が耳に心地よい。

「あ、お、俺、いえ、僕、大河内洋と申します。が、学生やってます」

いつになくしゃちほこばって洋は答える。言いなれない丁寧口調に、思うように口が回らずに焦った。

「大河内様ですね」

「大河内様だなんて、そんな……」

彼女に苗字を呼ばれただけで、照れくさくて目じりが下がってくる。あまり情けない姿は見せたくないが、それほどまでに彼女は魅力的なのだ。

「あ、あの、あなたのお名前も、おき、お聞かせ願えませんか？」

デレデレついでに開き直り、聞きたいことを口にした。

「ああ、申し遅れました。私、赤城麗菜《あかぎれな》と申します」

なぜか彼女の頬が、心もち赤らんだ気がする。

(あれ、俺のこと意識してくれている?)

思い違いかもしれないが、なんとなくそんな直感が働いた。

「麗菜さんですか……。このお店、パートですか? それともバイト? 正社員とか?」

自己紹介できたお蔭か、ほんの少し余裕ができ、そんなことも尋ねることができた。

「バイトです。私も学生なので……」

驚いたことに、麗菜は洋と同じ大学の名を口にした。

「えぇーっ! お、いや、僕も同じ大学です。この春入学したばかりですけど、一応、法学部!」

ほとんど前のめりになって洋はまくしたてた。

「まあ、優秀なのですね……。私も一回生で、仏文科です」

彼女は洋の勢いにたじろぎもせず、にっこりと笑って応えてくれる。

期待以上の明るい笑顔に、洋は気をよくして、取っているいくつかの単位のことを話題にすると、必須科目がいくつか重なっていることが判った。偶然にしても、どうして今までキャンパスで出くわさなかったのかと思うほどだ。

その後は、バイト中の彼女だからあまり話しているわけにもいかず、まして、店先はガラス張りになっているためバイト仲間の目も気になる様子で、自然に会話を終わらせた。

けれど、彼女の名前を教えてもらえた上に、接点があることまで知ることができただけでも大きな前進だった。

(もしかすると、このパン地獄から抜け出せるかも……)

淡い期待を抱きつつ、彼女の手前、やはり今日もパンを買わなければならない洋だった。

2

「麗菜さんとキャンパスを歩けるかも……。席を並べて、講義を受けたりもしたりして!」

自然と気持ちが弾《はず》み、またしても洋は人通りの多い商店街でスキップを踏んでいた。

「大河内くん。大河内洋くん!」

その背中に、涼しい声がかかる。

振り向くと、そこには北原由乃の姿があった。

買い物帰りらしく、手にはエコバッグをぶら下げている。

「あ、由乃先生！」

麗《うるわ》しの元女教師に、スキップを踏んでいたところを見られ、恥ずかしかった。

「うふふ。ごきげんよう。何だかいいことでもあったのかしら……」

穏やかな笑顔が、春の陽だまりのように洋に注がれる。

切れ長の大きな瞳には、理知的な輝きがあった。長い黒髪をひっつめにして後頭部でお団子にまとめている。凛とした姿ながら、はんなりとした大人の色香が匂い立つようだ。

「いいことって、まあ、ちょっと、色々ありまして……」

先ほどの麗菜とのこと、そして今度は由乃とこうして会えたのだから、ちょっとどころか大変なラッキーデーに違いない。

「あら、本当にいいことがあったのね。いいわねえ。あやかりたいくらい」

屈託なく笑う由乃に、先日美奈子先輩から聞いたことを想いだした。

（あやかりたいって、由乃先生は、いま未亡人なんだっけ……）

なんとなくそう思うからだろうか、明るい笑顔にもどことなく翳《かげ》りが見える。

「ねえ、よかったら、うちでお茶でもいかがかしら?」

由乃はいま、この近くのマンションに住んでいるという。午後には講義があるのだが、こんなチャンスを逃す手はない。

高校生の時分、美奈子に憧れたのと同じくらい、担任の由乃を目で追っていた洋なのだ。

まして、彼女が未亡人であることも、そのお誘いを断りにくくしている。寂しそうな由乃をひとりにしておけない純粋な気持ちと、ひょっとして先生と……、などという邪《よこしま》な下心との両方が、洋の後ろ髪を引いたのだ。

「あの、じゃあ、お邪魔じゃなければ……」

「お邪魔なんてことないわ。昔の教え子が遊びに来てくれるのはうれしいことよ。それに、いま少しだけ寂しい思いをしているから……」

退職したとはいえ、あれほど女教師の矜持《きょうじ》を強く持っていた由乃が、寂しさを口にするのは、やはり精神的に参っているのかもしれないと洋は心配になった。

「うれしいなあ。由乃先生にお招きいただけるなんて。またさっきのようにスキップしたくなります」

少しでも彼女に明るい気持ちでいて欲しい。そのためならピエロにでもなれる。洋はおどけながらそんなことを想った。

「ああ、その荷物、持ちます！」

由乃が手に提げているエコバッグを受け取ろうとした瞬間、そのしっとりした手指に触れてびりりと性的電流が走った。

（うわああ、先生の手、やわらかっ！　すごくすべすべなのにしっとりしてる！）

いわゆる甘手と呼ばれる手触りに、心までが震えてしまった。しかも同種類の性的電流が、彼女にも走ったのか、ハッと由乃も手を引くのだった。

「あ、あの、ごめんなさい。先生の手に触れたりして……」

それと判るほどの反応に驚き、どぎまぎと洋は謝った。

「ううん。いいのよ。私も過剰に反応しすぎよね。自分でも驚いちゃった」

互いが、まるでお見合いの席のように顔を赤らめた。結果、何となく気まずくなり、由乃のマンションまでの道のりを黙したまま歩いた。

3

案内された部屋でも、洋は何となく落ち着かなかった。それと言うのも、どことなく由乃がソワソワしているように見えるからだ。

彼女らしからぬ様子が、余計に洋を落ち着かなくさせている。

(なんだろう、この感じ……。もしかして、先生、俺のことを男として意識している？　まさかねえ……。でも、なんかこのドキドキする感じ、悪くないかも……)

理紗や美衣、美奈子のお蔭で、多少なりとも女性に免疫はできている。けれど、やはり相手が憧れの女教師であるだけに、さらに邪念が膨らんでしまうのだ。

(妄想だよね。妄想、妄想。由乃先生に限ってそんな、俺なんかのこと……)

けれど、ちらりと由乃を見るたび、彼女も同じようなタイミングで視線を向けてくるのだ。

「そうだ、先生、パン食べます？　昼食にしようとパンを買ってあるんです。それも、ちょっと多めに……」

〝トング〟でパンを買うと、いつも多めになってしまう。麗菜が目的なのだから、それも仕方がないのだが、さすがに食傷しているので、由乃に食べてもらえるなら願ったりだった。

「まあ、ありがとう。頂くわ。待っていてね、今お湯を沸かしているから……」

ようやく会話が成り立ったことにホッとした。少しだけ余裕ができたお蔭で、部屋の中を見渡すこともできた。

品のよい調度は、由乃の趣味が反映されているのか、西洋アンティークらしき風合いに統一されていた。

「アンティークの家具ですか？　高そうですね……」

調度への褒め言葉は、その程度しか持ち合わせていない。精一杯のボキャブラリーを駆使したつもりが、くすくすっと由乃に笑われてしまった。

「そんないい物じゃないのよ。あくまでもアンティーク風。普段使いの家具に、そんなに贅沢はできないわ……」

飾らない由乃らしい笑顔が、洋にはうれしい。調子に乗って、もう少しおどけることにした。

「なんだそうなんですか？　さすがに高級品はクッションが違うと思っていたんですけど……。やっぱ僕には判りません」

降ろしていたソファの上で、少しだけ腰を上下させて、洋は頭を掻いた。

「うふふ。そんなの私にも判らないわ。座り心地がいいからって、高級とも限らないし。でも、外国製のソファはかえって日本人には座り難《にく》いかなぁ。きっと体格が違うせいね」

何となく女教師らしい口調に戻っている由乃に、洋はうっとりとその様子を眺めた。

(やっぱり、由乃先生は理知的な顔がお似合いだ!)

思えば、この先生のお蔭で、苦手な英語も克服できたのだ。文字通りの恩師に、今更ながら尊敬と感謝の念を視線に込めた。

「やっぱ、先生は教師ですよね」

思ったことをそのまま口にすると、由乃が少し照れた表情になった。

「その先生をからかうようになった洋くんは、大人になったわね……」

つくづく先生には敵《かな》わないなと、洋は視線を由乃から逸らし、あらぬ方に彷徨《さまよ》わせた。

ふと目に留まったのは、壁に掛けられた時計。時間は十時を指している。午後のこの時間だから、どうやら止まっているようだ。

「あれ、先生、あの時計、時間おかしいですよね……」

これまた気付いたことをそのまま口にせずにいられない。要するに、子供のように頭と口が直結しているのだと、洋自身自覚している。

「ああ、あの時計、止まっているの。電池は買ってあるのだけど、私、高い所は苦手だから、ちょっと億劫《おっくう》で……」

「じゃあ、僕がやりましょうか」と洋は気安く請け合った。

と、そこにピーッとケトルが鳴り、お湯が沸いたことを告げた。

「電池はどこにあります？　教えてくれれば俺、じゃない、僕が……。先生はキッチンへどうぞ」

「それじゃあ、お願いしようかな。電池はそこの引き出しにあるはずよ。確か一段目の棚に……」

慌ててキッチンに向かおうとする由乃は、指だけで飾り棚を示した。

リビングの壁に比較的大きなスペースを取った飾り棚は、中央部がガラスのショーケースのようになっていて、様々な写真や陶製の人形などが飾られている。

さらに、その下に三段ほどの引き出しが設けられていた。

先生から了承を得ていても、他人の家の引きだしを開けるのは気が引けるものだ。

「えーと、一段目の棚ね……」

独りごちながら、洋は一番上の引き出しをあらためた。

どうしても、こういった引き出しの中は、ものが乱雑にしまわれていることが多い。

けれど、その棚の中は、由乃お手製らしき仕切りがきちんと設けられていて、きれいに整頓《せいとん》されている。

「ああ、なんか、由乃先生らしい……。こういう風にしておけば、ものが探しやすいんだなあ」

几帳面な由乃の性格を物語るようで、なんとなく微笑ましい。

そこには、主に文具類が収納されていて、ノートや便せん、切手といったものも行儀よく収《おさ》まっている。どことなく学生の机の中身のようにも見えた。

目的の電池も、すぐに見つかった。

「えーと、ああ、これだな……」

大型電器店のシールが張られたボタン電池が、いかにも時計のそれらしい。

「それにしても先生、几帳面だなあ……。他の引き出しには、何が入っているのだろう……」

なんとなく、由乃の秘密を探るようで、愉しくなっていた。

「ちょっとだけ、覗かせてもらおうかなあ……。整理整頓の参考に……」

覗き趣味は、あまりよろしくないとは思うものの、好奇心に駆られた洋は二段目の引き出しに手をかけた。

その中も一段目同様、きれいに整理されていた。

棚の中身は、キーホルダーや細々とした小物が多く、三文判から扇子と分類不能の日用品が収められている。

「ふーん。いわゆる生活雑貨の類《たぐい》かあ……。んっ、あれ、これは？」

様々な用途の小物の中に、あきらかに由乃らしからぬ品物をそこに見つけた。

「ええっ！　こ、これって……」

透明なプラスチックケースに収められているのは、小ぶりのリモコンに長めのコード、さらにその先にはピンクの繭玉《まゆだま》がついている。

「う、うそっ！　まさか由乃先生が、こんなものを？」

それは、まさしく性的快感を得るためのローターだった。

見てはいけない物を見つけてしまったという思いと、由乃がこれを使う姿がめまぐるしく脳裏に交錯した。

「こ、これが、先生を慰めている……」

艶光るピンクの繭玉に、洋はごくりと生唾を呑んだ。

確かに、女盛《ざか》りの未亡人が空閨《くうけい》をかこつには、このような淫具が必要なのかもしれない。けれど、この繭玉が由乃の股間にあてがわれていると思うと、たまらなかった。

矢も盾もたまらず、透明なケースから淫具を取り出し、そのピンクのプラスチックの匂いを嗅いだ。

「いやだ、洋くん。そ、そんなもの見つけてしまったの……」

声を掛けられて、凍りついたのは洋の方だ。見つけられた由乃の方は、頬を真っ赤に染めて恥じらってはいるものの、怒りの感情は見受けられない。

「あ、あの、す、すみません……」

大急ぎで洋は、それを再びケースに収めようとしたが、あわてているためなかなか元に戻らない。そんな洋に、由乃が美しい顔を左右に振りながら、ゆっくり近づいてきた。

「いいのよ、そんなところにしまっておいた私が悪いの。でも、恥ずかしいものを見られてしまったわね……」

洋の手の中から、透明ケースと淫具を受け取り、恥じ入る様子でしまいこむ。

白く繊細な手指とその淫具との取り合わせが、ひどく生々しく、淫靡に映った。

「寂しさを紛らわせてくれるものが必要だったの……。私ね、二年前に夫を亡くして、いまは独り身なの……」

「そのことは美奈子先輩から……。先生が、寂しい想いをしているって……」

「そう、田沢さんから……。わずか二年間の結婚生活だったわ……。でもね、そろそろ前向きな気持ちにならなきゃ、って思えるようになってきたところなの。でも、やっぱり少し寂しくて……」

相変わらず恥じ入る様子ながらも、心なしか由乃からは性的な匂いが感じられる。

（も、もしかして、由乃先生は、羞恥心に性的欲求をそそられるタイプかもしれない！）

それは洋の勝手な思い込みであったが、それこそが由乃のサインと読み取り、ここぞとばかりに己を奮い立たせた。

「あの。俺じゃだめですか？　俺、先生を慰めたいです。寂しい思いをしているのなら……。あっ、いや、調子よく先生を口説こうとか、先生にいやらしいことをしたいとかっていうのじゃなく……。いや、でも、先生、魅力的だから、正直Hなことしたい気持ちもあるけど、とにかく俺、由乃先生にずっと憧れていて……」

支離滅裂になりながら想いを告げるにつれ、由乃の瞳が潤みはじめるのに気付いた。凜とした元女教師としての矜持と、未亡人らしい頑なさが春の日差しの前の雪の如く、ゆっくりと溶けだすのを目の当たりにするのだ。

「お、俺、何を言ってるのだろう。でも、俺、せ、先生っ！」

言葉を重ねるたびに、おんなの貌《かお》になっていく由乃にたまらず洋は、その体を抱きしめた。

「いいわ。洋くん、私からもお願い、由乃のことを慰めて……」

女体からすっと力が抜け、洋の腕にしなやかな感触が預けられた。

4

静かで清潔な空間に、洋は導かれていた。

リビングよりも更に濃厚に女薫たちこめる寝室は、洋の牡を刺激してやまない。

ベッドの上の毛布からすら、おんなのフェロモンがそこはかとなく匂い立っているのだ。

「未亡人になってからの由乃の〝初めて〟をあなたにもらってほしい」

凛とした知的な印象と打って変わって、由乃はしっとりとした色香を漂わせている。

触れなば落ちんという発情の気配と、清らかな美しさを同居させていた。

(佇んでいるだけなのに、どうしてこんなに色っぽいのだろう?)

何も特別なことはしていない。由乃はただベッドに腰掛け、目を伏せているだけだ。

ただ、もしかすると、これから行われる秘め事を胸の内に思い描いているのかもしれない。

（ああ、そうか、由乃先生の頬が紅潮しているのは、期待しちゃっているんだ。だったら、どんなにいやらしいことも受け入れてくれるかも……）

上品な外面とは裏腹に、内心に身を焦がすような淫靡な想いを芽吹かせているのだと思い至り、洋の興奮はいや増した。

「あの、先生、俺、さっきの道具使ってみたいです……」

由乃がこっそりとエプロンのポケットにしまい込んだのを洋は見逃していない。手を伸ばし、そっとポケットを探ると、やはりそのプラスチックケースはそこにあった。

「いいですよね？」

そっとそれを取り出し、由乃の目の前で振って見せる。

楚々とした小顔が縦に振られた。

「先生が乱れすぎても、軽蔑しないでね……」

はにかむような仕草が、おんならしくとてもカワイイ。二十八歳の大人のおんなが、あどけなく見えた瞬間だった。

どうしようかと一瞬迷った洋に、由乃がジーンズのベルトへと手を伸ばしてきた。

「そ、そうですよね。まずは裸にならなくちゃ……」

そう口にしただけで、由乃の裸身が想像され、一気に下腹部に血液が集まった。

「まあ、やっぱり、若いのね……」

それと気付いた由乃が、上目遣いで微笑んだ。口元から白い歯列が艶治に零れる。ジーンズを脱がされる間、洋は由乃のグレーのカーディガンの前ボタンを外し、その邪魔をしないように薄い肩から外していった。

ピンクの無地のチュニックの裾に手を伸ばし、おもむろに引き上げていく。洋のジーンズごとパンツまでずり下げた由乃が、それを脱がせやすいように両手を上に掲げてくれる。

「うおおおっ、先生、すっげえ、おっぱいっ！」

モカベージュのブラジャーに包まれたふくらみが、今にも零れ落ちんばかりにぶるんと揺れて晒された。

由乃の胸元が豊かであることは承知していたが、いざ目の当たりにしてみると、そのド迫力ぶりに目を見張るばかりだ。どちらかというと、華奢《きゃしゃ》なイメージの彼女だけに、そのたわわな実りっぷりは際立っている。

「ああ、洋くん、言わないで、恥ずかしい……」

マッシブな肉房は、女盛りに熟れに熟れて、見た目にもやわらかそうだと判る。普通にブラジャーを着けているだけで、深い谷間が悩ましくできあがっていた。

「すごい。すごすぎる！　由乃先生のおっぱい！　サイズはいくつなんですか？」

ほとんど躁状態になった洋は、訊ねずにはいられなかった。

「もう、女性にそんなことを聞くのはマナー違反よ。でも、どうしても知りたい？」

「知りたい、知りたい！　先生、教えてください！」

あまりに勢い込んでいたので、由乃の目前で肉勃起がぶるんぶるんと跳ね上がる。目前にちらつく灼熱棒にほだされたのか、由乃は目のやり場に困るといった風情で顔を伏せながらも朱唇を開いた。

「バストは九十八センチ。Fカップよ。大き過ぎて、みっともないでしょう……」

「そんな、みっともないなんてことありません。ものすごくお綺麗です！」

「でも、男子生徒の眼には毒だったはずだわ……」

由乃としては、教師という立場上、男子生徒を刺激する自らの乳房に煩《わずら》わしく感じていたらしい。だからこそ、自らを卑下《ひげ》するような言葉になるのだろう。

「た、確かに俺も、由乃先生の胸ばかり見ていたかも……。いや、けど、それを言うなら先生の美貌だって、男子には毒ですよ！　ずーっと、見つめていたくなるんですから！」

自らの言葉がフォローになっていないことに気付いている。けれど、洋は正直に由乃の魅力を伝えたかった。

「まあ……。やっぱり洋くん、大人になったのね。そんなお上手が言えるようになったのだもの……。それに、ここもすごく立派で……。男の人のものって、こんなに大きかったかしら……」

天を衝《つ》いたまま熱を発する洋の分身に、ようやく由乃も慣れてきたのか、頬を紅潮させながらその口腔を近づけてきた。

「えっ！　せ、先生？」

薄いながらもぽちゃぽちゃっとした唇が、躊躇いがちに亀頭部にちゅっと口づけをしてくれた。

「いまの由乃には、洋くんにしてあげられることは、これくらいだから……」

奥ゆかしい未亡人のソプラノヴォイスが、甘やかに囁いた。

細い指先も勃起に伸びてきて、肉幹にしっとりと絡みつく。あえかに開いた口が、真正面からアイスキャンディをしゃぶるように亀頭部を刺激してくる。

唇が妖しく開いては閉じして、亀頭を粘膜で擦るのだ。

「ああ、本当に洋くん、すごい……」

ふっくらリップに触れる男肉の存在感に、由乃は圧倒されているに違いない。太く逞しい男根と、未亡人の上品な唇との取り合わせは、ひどくミスマッチで現実感に欠けている。

「だって、先生、こんなおっぱい見せられたら、おかしくなるに決まっています」

「そ、そうかしら……」

由乃の甘やかな掌が屹立するペニスの根元に絡みつく。

ゆっくりシュッシュッと擦られて、ぶちゅりと口づけされ、洋は吐息を漏らし、眉を八の字に寄せた。

「どうかしら、洋くん。気持ちいい？」

男性器に触れる手つきはどこか拙《つたな》い。どうもご主人が亡くなって以来、触れていないようだ。その相手が教え子だということに、背徳感も募らせているはずだ。

「まさか、洋くんとこんなことするなんて……」

禁忌に触れる思いはその口調にも表れている。それでいて、亡くなった夫に立て続けた操《みさお》をかなぐり捨て、ようやく一歩を踏みだそうとしているのだ。

「ぐおっ、ああ、せ、先生！」

洋は、由乃のひっつめられた髪の中に、強引に手指をねじ込み、その頭を掻き毟《むし》った。さらには、後頭部でおだんごを束ねている黒いクリップを見つけ、それを外してやった。

漆黒の髪がやわらかなウエーブを描きながらふぁさりと落ちる。途端に、由乃に華やかさが添えられ、おんなぶりが一段も二段も上がった。

ちゅちゅっ、ぷちゅちゅっ、レロレロン、ぷちゅるるっ――。

その間も、由乃の熱心な口淫は続く。落ちてきた髪を後ろに送りながら、切れ長の瞳を開け閉めさせ、そそる仕草で舐め上げてくる。

（先生が、あの由乃先生が、俺のち×ぽを舐めている！　美奈子先輩の時も信じられなかったけれど、由乃先生がこんなことをしてくれるだなんて、もっと信じられないよ……！）

鈴口に口づけをしたまま蠢く由乃の背筋を、洋は掌を拡げてねっとりと撫で回す。それが良かったのか、白い背筋がびくびくんと震えた。

おんなの肌を触る時は、まずはフェザータッチでと、理紗や美衣から教わっている。その教えを忠実に守り、羽毛で掃くように白い背筋をまさぐった。

「ふぅん、ん、ぅふ……」

控えめながら由乃が漏らす吐息に気をよくして、すべすべの背中を手の裏表を駆使して彷徨わせ、そして、ついにブラジャーのホックに指先を止めた。

「先生、ブラジャーはずしますね……。先生のおっぱいが見たい！」

前かがみ気味の女体のお蔭で、苦手なホックも外すのは容易だ。

「あん……」

モカベージュのカップが前方にはらりと落ち、たっぷりとしたボリュームの胸乳が零れ出た。

たわわな肉房は、さすがにその重みに耐えかねて少しばかり垂れ下がった印象だ。けれど、その分だけやわらかさが保障されている。

初雪を思わせる透き通った乳肌の中、乳暈《う》が薄っすらと黄色味を帯びた茶色をしていて、どことなく艶めかしい。

「さ、触りますね。由乃先生のおっぱい。触らせてくださいね……」

喉をカラカラにさせて、洋は由乃の腋の下から両手を挿し込んだ。

「うおおお、先生のおっぱい、超やわらかいっ！　それに掌に吸いついてきます！」

触りたくてたまらなかった恩師の乳房を、左右から掬うようにして掌に捉えた。

ふるふるとした手触りだが、ずっしりとした重みと共に手指にまとわりつく。

ゆっくりと揉みしだくと、熟れた乳肉が自在に容《かたち》を変え、指の隙間を埋めるのだった。

うです！」

「すごい、すごい、すごいっ！　超やばいです。どうしよう、俺の掌、蕩《とろ》けちゃいそ

白く薄い肌の下で、脂肪がたぷたぷと波打つたび、掌底に乳首が擦れる。薄茶色の乳蕾は、控えめな大きさだったのが、明らかに存在感を増していった。

「うふうっ、ん、っく、ん、んん……っ」

苦しそうにも聞こえる吐息が、徐々に湿り気を帯び、艶めかしさを纏っていく。

やがて由乃はあえかに口腔を開き、洋の亀頭部をすっぽりと咥えてきた。

「うおっ！　ああ、まさか先生にち×ぽを咥えてもらえるなんて、夢のようです！　でも、俺が気持ちよくなるよりも、まずは由乃先生を慰めるのが先だから……」

洋はその快感をどうにか振り切ると、由乃の両肩を掴み、前かがみの女体を持ち上げさせた。

ちゅぽんと淫らな水音を響かせて、咥えていた勃起を由乃の口腔から引き剝がし、彼女をそのままベッドに押し倒した。

「あん……」

ぼふんと女体が落ちると、洋は浮き上がった両脚を避けるようにして、おもむろに両手をスカートの中に突っ込んだ。

「きゃあっ！」

心地よい悲鳴に、かえって男心は煽られる。洋は構わずにそのままスカートをたくし上げ、黒いストッキングとパンティのゴム部に手指を掛けて、そのまま一気にずり下げた。

「いやあ、乱暴にしないで……。お願い、やさしく……」

切れ長の瞳が詰るような視線を送ってくる。けれど、美脚は観念したかのように、左右にすっと割れ、スカートを残したままM字に開脚してくれるのだ。

「ああ、由乃先生……」

昼下がりの寝室に立ち込める女薫と同じ種類の、けれどもっと濃厚なフェロモンがムンと押し寄せる。

未亡人の放つフェロモンに引き寄せられるように洋はベッドの端に陣取り、顔だけを由乃の下半身に近づけた。

「よ、由乃先生のおま×こ、み、見せてもらいますね……」

際どく濃紺のスカートが隠している恩師の秘密の部分を、洋はそっとまくり上げ、成熟した腰を白昼の下《もと》に晒した。

「ああ……。昔の教え子に、おま×こを晒すなんて……。由乃はもう教師失格ね」

びくんと白い太腿が震えたが、それでも由乃は秘部を閉ざそうとしなかった。

思いのほか濃いめの陰毛が、股間の小高い丘を覆っている。

由乃の股間部は、俗にいう「ドテ高」のようだ。細身《ほそみ》の身体だけに、もっこりと小高く膨らんでいるのが目立ち、いやらしい印象だ。

さらにその下には、いかにも慎ましやかな陰部が、ひっそりと花開いていた。

新鮮な肉色を覗かせる女陰は、視姦に耐えかねてヒクヒクと蠢いている。その度に縦渠《たてみぞ》の縁を飾る肉ビラが、ふるんふるんと揺らいでいる。

その眺めは、理知的な由乃とは、あまりにもアンバランスで、だからこそ誰よりも卑猥な性器に映った。

(なんか、すごくいやらしい。上品な由乃先生にも、こんな部分があるなんて、ちょっと信じられないくらいだ……)

ひと度目に触れると男を獣に変貌させてしまうような女陰。清楚で柔和な由乃の秘められた本性を覗き見た気がした。

こんな身体をしているからこそ、由乃にはあんな淫具が必要だったのだと、ようやく洋は得心できた。

5

「約束通り、先生を慰めてあげますね。遠慮なくいっぱいイッてくださいね」

洋はベッドに転がしてあった例の淫具を拾い上げると、スイッチのダイヤルを回した。

ぶぶぶぶっと踊りはじめるピンクの繭玉を指先でつまみながら、洋はそれをどこに触れさせるかを思案した。

ＡＶなどで見たことがあるから、どう使えばいいかは判っている。けれど、理紗たちから学んだことから、いきなり女陰にあてるのはＮＧと判断したのだ。

(なるべく敏感な部分から遠い部分から責める。相手をよく観察するのは、恋愛もＳＥＸも同じ！)

頭の中で攻略法を唱え、手中で踊るローターをまずは、由乃の太腿に運んだ。

「あうんっ！」

むっちりした太腿に、それが触れた途端、未亡人の唇がほつれた。

「どこを責められるか予想がつかないくらいの方が刺激的よ……」

奔放な素顔を覗かせた美奈子が言っていたことを想い出し、繭玉を直《じか》に摘《つま》む方法から、コードからぶら下げるやり方に変化させた。

女体にくっついては、ジジジジッと刺激を送り込み、艶肌で跳ねまわるピンクの繭玉。その傍らでもう一方の太腿を、洋は手の甲で掃いてやる。

「ん、んんっ、つく、くふぅんっ……」

びくんと女体が震え、甘い吐息が洩れる。とりわけ由乃が反応を示したのは、内ももを責めたときだった。

未亡人の内ももは、なめらかな肌なのにしっとりと吸い付くようで、しかも乳房とはまた違ったやわらかさを感じさせてくれる。

「先生の太腿、ふかふかしっとりで、触っている俺の手が溶けちゃいそうです」

これが由乃先生の太腿かと昂ぶりつつ、愛撫に熱を帯びさせる。しつこいくらいに撫で回し、ピンクローターを付けては離しを繰り返した。

「ん、んんっ、あふぁぁ、ひっくぅん、ん、んんっ！」

おでこに深い皺《しわ》を刻み、苦しげな表情で美貌を左右に振る未亡人。けれど苦しいのは、快美感を隠そうとしているからであると、洋は読み取っていた。

「由乃先生、我慢しないでください。慰めて欲しいのでしょう？　それを拒否しないでください！」

洋が訴えかけると、苦悶の表情にやわらかく微笑が浮かぶ。その見事なまでの艶やかさには、思わずはっと息を呑むほどだ。

「そうね。もう気持ちよくなることを拒まないわ。恥ずかしくても、乱れても、洋くんにありのままの由乃を見せてあげる……」

柔和な彼女の美貌から、今度こそ頑なさが消え失せるのを見て取り、洋もやわらかく微笑んだ。

いよいよ今がその時と、ピンクの繭玉を太腿から股間の中央部へと移動させる。

「ひうっ！　あ、ああ、そ、そこは……。感じる、感じちゃうっ！　あ、はあぁん！」

繭玉が触れると、薄紅の肉花びらがぶぶぶっと震えた。

鮮烈な刺激に、スカートをまとわりつかせたままの艶腰が持ち上がり、アユの腹のようなふくらはぎに緊張感がみなぎった。

「ああん、ねえどうしよう、こんなにふしだらなことが、こんなに気持ちいいだなんて……」

頰を上気させ、由乃が快感にわななく。

おんな本来の淫らな本性を解放することで、由乃は生まれ変わろうとしているようだ。その手助けをする洋も、彼女の肉に刻まれた亡き夫の記憶を洗い流そうと必死だった。

「くふううぅ……。ああ、あなたごめんなさい。由乃はおんなに戻ります。ああ、許して……あ、はあああぁっ！」

残滓《ざんし》のようにこびりつく亡夫への罪悪感を口にしつつ肉欲に溺れる由乃。哀しくも美しい乱れ方に、洋の獣欲はボルテージを上げていく。

「せ、先生ぇっ！」

感極まった洋は、振動を送り込む繭玉を縦割れの肉の狭間《はざま》に押し込み、自らの口腔をべったりと女陰に押し付けた。

「ひううんっ、くあ、あああぁ……」

うぶぶぶ、ぬぼぼぼっとくぐもった音を立てて膣肉を震わせる繭玉。その振動を唇に感じながら洋は女陰を貪った。

「ひぅぅっ、ああっ、何それ？　響く、ああっ、響くぅ……っ」

胎内で暴れ回る繭玉に甲高く啼きながらも、由乃はぐっと首を持ち上げて自らに何が起きているのかを知ろうとしている。腰にまとわりついているスカートが、その視界を遮《さえぎ》っているが、けれど、由乃には判っているはずだ。洋に肉花びらを舐めしゃぶられていることを。

「ふうん、ああ、なんてこと……。洋くん、お口でだなんて、由乃のそんなところを舐めたりしないで……」

抗《あらが》いの言葉とは裏腹に、未亡人は激しい快感に下腹部を蝕まれている。ざらついた舌で秘裂をなぞると、びくんびくんと妖しい反応を示すのだ。

「まさか、おま×こを舐められるの、初めてなのですか？」

初々しい反応に思わず洋が訪ねると、由乃が目元を赤らめて恥じらった。

「は、初めてよ。こんな恥ずかしいこと、夫にも……あ、ああん、だめぇっ、恥ずかしいのに、あそこがもう、蕩けそうっ……！」

「初めてなら、味わってください。指とは違う感覚を……。こういう慰めもあるんですよ」

女陰にかぶりつくように洋は丹念に花びらをしゃぶった。あっという間に女体から汗が噴き出し、吐息にいやらしい響きを混じらせている。

「あうっ、あ、あん……。洋くん！　だめっ、そんなヘンタイみたいな真似、いけないわっ！」

頰を強張らせて由乃が、喘ぎ喘ぎに叱りつけてくる。けれど、その様子は、かつての女教師の怒りの表情とはあまりに違っている。恐らくは、感じすぎるが故に恐怖を覚えているのだろう。

「ヘンタイって……。今どき、これくらい普通ですよ……ちゅぶちゅちゅちゅっ。先生だって、俺のち×ぽを舐めてくれたじゃないですか……」

「そ、それとこれとは……。ううっ、もう止めてっ！　ああん、おかしくなってしまいそう……。あ、ああ、感じちゃうぅ……」

クンニ責めを厭《いと》う未亡人だったが、その快美感からか艶腰を持ち上げて、かえって洋の口に女陰を押し付けているような格好だ。

「うぶぶぶ、や、やめられません……。由乃先生のおま×こを舐められるだなんて……レロレロレロン……こんなしあわせ……俺、おれぇっ……ぶぢゅちゅるるっ！」

柔襞を荒らしまわるローターの振動を意識しながら、洋は口を大きく開けて顎をもぐもぐさせた。どっと濃い愛液が口腔に流れ込んでくる。

粘度が上がり、舌にまとわりつくような蜜汁。塩辛く海水のようなのに、ほんのりと甘みがあるような気がした。

「おいひいです！　先生のおま×こもお汁も……。超最高です！」

媚肉に包まれて暴れ回る繭玉までも吸い出す勢いで、洋は思い切り強く女陰を吸いつけた。

「きゃううっ、ああ、だめよ、そんなに強く吸っちゃあいや、何かが出ちゃいそう！」

またしても艶腰が浮き上がり、もも肉が悩ましくヒクついた。肉花びらがふやけるほど舐めしゃぶるつもりの洋も、ぐいぐい媚肉を押し付けられては、さすがに息もできない。

「ぶはあああっ！　先生のマン圧、凄すぎて息もできませんよ！」

ようやく口を離すと、胎内で暴れまくる繭玉もぼろんと零れ落ちた。

「ああん、いやらしいこと言わないで……。だって、洋くんが激しすぎるから、それに乱れてもいいって言ってくれたのはあなたよ」

耳まで赤くして言い募る由乃に、洋の男心が震えた。「あなた」と呼んでくれたことにも、言い知れぬ喜びを感じた。

二十八歳の若未亡人の成熟した色香。慎ましく上品でありながら、あまりにも色っぽい元担任教師が、洋をケダモノへと変えさせた。

「由乃先生、イキそうですよね？　このまま一度、イッちゃいましょうよ、ね？」

先生をこのまま絶頂に導きたいと切実に願った。

「由乃先生のイキ顔が見たいです！　そのイキま×こに、俺のち×ぽを嵌めて、いっぱい突きまわしたい！」

「もう、洋くん、いやらしいことばかりわざと言っているでしょう。いいわ。由乃をイカせて。そして……。由乃のイキま×こ、あなたのおち×ちんで突きまわして！」

自らを辱《はずかし》めようとする洋に、由乃はあえて乗ってくれた。恥じらいの表情を浮かべつつ、淫語を口にして、牡獣のペニスを求めてくれたのだ。

「うれしいです。では、いきますよ。たっぷりと乱れてくださいね！」

嬉々として洋は、繭玉を合わせ目の付け根にあるおんなの芯にあてがった。

「あひっ！　ひああ、あ、ああん……ふぅ、うふうぅ、んあぁっ！」

由乃の淫蜜で濡れ光るピンクのプラスチックが、肉蕾の包皮を容易《たやす》くなぎ倒し、充血したクリトリスを直接震わせた。

「ああ、イキそうっ、恥をかいてしまう……。あうううっ、洋くん、本当に、由乃をイカせたいのね……」

充血した紅い真珠から生まれる快楽に、切なく溜息を吐いて由乃が啼いた。

「そうですよ。先生。イッてください。いっぱい、いっぱい、イキまくってくださ い！」

余程たまらないのか、由乃は汗まみれの乳房を自ら揉みしだき、細腰をぎゅっとよじっている。

あまりの光景に洋も、自らの肉竿を扱《しご》きたい衝動に駆られたが、それをぐっと我慢した。

「すっげえ、あの由乃先生が、イキそうだ！　ああ、それになんて色っぽく啼くのだろう……。先生、ああ、先生っ！」

辱《はずかし》めの言葉を裸身に浴びせても、由乃は妖しく身悶えるばかりで、その言葉は届いていないようだ。そこで洋はとどめとばかりに、ひくひくと卑猥に開け閉めさせている陰唇に、空いている方の手の指を二本突き立てた。

「あ、あ、ああん……。おおぅ、イク、由乃イクぅっ！」

鉤状に曲げた指で激しく媚肉を掻き毟る。あっという間に掌底に、本気汁が溜まった。クリトリスにあてがった繭玉も、執拗に未亡人を追いつめる。

ついに昇り詰めた由乃は、豊麗な肉体をぶるぶると派手に震わせ、朱唇をわななかせた。

悦楽の極みに達し、涙目になっている未亡人の頬に、洋は愛情たっぷりに口づけをした。

6

「約束通り、イキま×こを突きまくりますね」

凄絶な恩師の昇天ぶりに、ほとんど躁状態に陥った洋は、未だ絶頂に息を乱している由乃の太腿を両腕に抱えた。

細腰にスカートが巻き付いたままなのが、女教師を強姦するようで、激しく獣欲を刺激される。

「えっ？　あ、ちょ、ちょっと待って……。まだイッたばかりで……え、あ、いやぁん！」

股間の濃艶な翳りの奥で濡れるおんなの肉扉に、洋は容赦なく切っ先をあてがった。

ひくん、ひくんと余韻に息づく花びらを巻き添えにして、一気に肉棒を埋め込んでいく。

「ひうっ！　あ、ああん……」

トロトロにぬかるんでうねくねる畦道《あぜみち》を、洋は腰を一直線に突き込んだ。

成熟したおんならしい、ビロードのようなやわらかさを亀頭部で切り裂き、ずぶずぶずぶっと根元まで埋め込んだ。土手高のマン肉にふっくら受け止められる快感。乱暴な挿入であると自覚していたが、もはや昂ぶり過ぎた洋には、とても抑制などできなかった。

「ぐふうっ、すっげえ気持ちいいっ！　そうか、やったあ！　ついに俺、由乃先生とやっているんですね！」

憧れの女教師を組み敷く征服感。積年の想いを遂げた充実感に、一気に下腹部が痺れた。

同時に洋は、上品な美貌の未亡人らしい繊細な内部構造に、ちょっぴり慌ててもいた。

由乃のヴァギナは、肉襞が海にそよぐイソギンチャクのように、洋の分身に絡みついてくる。しかも、イキ極めているために、牝の本能のままに女陰全体が妖しく蠕動していた。

それはまるで、角質を食べるドクターフィッシュのようで、勃起をやさしく舐めくすぐり、締め付けてもくるのだ。

「やばいです。由乃先生のおま×こ、こんな名器なのですね。超やばすぎです！」

舐めてよし、いじってよし、挿入《いれ》れてよしの一品に、突きまくるどころか、一擦りもできないまま漏らしてしまいそうで、洋は目を白黒させた。

「ああん、あなたもすごいっ！　熱くて、硬くて、それにやっぱり大きいっ！　こんなにすごいおち×ちんで突かれたら、由乃が由乃でいられなくなりそう……」

互いの性器を褒めそやしあい、心を結び付けていると、二人の性神経までが結びついていく。プラグの牡牝が直結して、由乃の快楽が洋の喜悦となり、洋の快感が由乃の官能となるのだ。

「ああ、だめだっ！　じっとしていられない。由乃先生、約束を守れないかも……」

今動かせば、間違いなく射精衝動が起きてしまう。それを承知していても、もはや我慢ならなかった。

「いいのよ、きてっ！　大丈夫、由乃もまたすぐにイキそうだから……」

あの頃のように、やさしく先生が励ましてくれる。それがなによりうれしかった。

洋は、由乃にこくりと頷いて見せ、ゆっくりと勃起肉を引き抜きはじめた。

カリ首の大きな返しで、ずずずっと肉襞をこそぎつつ、肉棒をギリギリまで引きずり出す。一転して、ずぶずぶずぶっと押し戻し、粘着質な本気汁を攪拌する。

「ああああああぁ～っ！」

甲高く長い喘ぎが、洋の耳朶《みみたぶ》をくすぐった。甘く切ない啼き声に、天にも昇らんばかりの心地がする。

その声をさらに搾り取りたくて、洋は抜き挿しのピッチをあげた。

ぬぷん、ずぢゅぶぢゅ、じょりじょりっ、ちゅぷぷぷっ、ぢゅびびちょ——。

根元まで突き入れては腰を捏《こ》ね、剛毛と繊毛を擦らせる。

カリ首まで退かせ、浅いところでまた腰を捏ね、なるべく膣孔の様々なところを擦ろうとした。けれど、その工夫も次第に失われ、ただひたすら抜き挿しするだけのストレートなものへと変化していく。

「あ、あ、あああん、んお、おお、いいわ、ねえ、いいの……。強く、もっと強く、このままアクメに連れてって……あの人を忘れさせてぇっ！」

官能に溺れ、悦楽に耽《ふけ》る由乃。ずぶんと突き込めば女陰がさんざめき、それと同等の快楽を洋にも返してくれている。

しなやかな肢体がぐぐっと細腰を浮き上がらせ、洋の抽送にあわせて蠢きはじめる。

「すごい！　由乃先生が淫らに腰を振っている！」

互いに腰をぶつけ合うような激しい交わり。肉のあちこちが官能の業火に燃え上がり、鋭い快感に痺れている。

上下に揺れ踊る乳房を両手に摑み取り、洗濯物でも洗うような手つきで、荒々しく揉みしだいた。

「ああ、おっぱいも感じる……。いいのよ、もっとめちゃくちゃにしても……」

いくら激しくしても由乃のふくらみは、自在に容《かたち》を変えて洋の劣情を受け止めてくれる。

「ねえ、来て……。寂しくてたまらない由乃を、熱い精子で慰めて……！」

洋が射精間近であることを、未亡人は悟ったらしい。そんな由乃であれば、かつての教え子にあわせて絶頂を迎えることも可能だろう。

「うん。射精《だ》しますよ。先生のおま×こに！」

射精衝動でやるせなくなった洋は、最後の抽送をさらに激しくするため、由乃の足首を捉え、お尻をぐいと持ち上げさせ、女体を屈曲位に折り曲げた。

「こうすると、先生にも、俺のち×ぽが出入りするのが見えますよね」

「ああん、み、見せないでっ」

苦しい体勢に折り曲げられながらも、洋の男根が自分の胎内に埋め込まれている様子に、由乃は目を見張っている。

「ああ、すごくいやらしい。なのに、興奮してしまうわ。見ているだけでもイキそうよ！」

肉襞を勃起で擦られるだけでも、鋭い快感が全身を襲うのに、その様子を見せつけられると、相乗効果でますます快感が高まるのだろう。洋も同じ感覚を覚えているだけに、それが手に取るようによく判った。

「うおっ、先生の締め付けがきつくなった。最高ですぅ。うぐうぅっ、具合が良すぎて、いよいよ射精《で》ちゃいそうですっ」

洋は、由乃に全体重を乗せるようにして肉襞をかき分け、最奥へと肉棒を進めた。より深まった結合に、裏筋から皺袋にかけてがごうと燃え上がる。

「よ、由乃も、ダ、ダメになるぅ……」

牡にのしかかられる圧迫感。けれど、それを上回るおんなの悦びに、苦悶の表情を浮かべている。たまらず洋は腰の動きを速めた。由乃も艶腰を中空に浮き沈みさせ、発射を促してくる。

「ぐおおおッ、もう射精《で》るぅ、せ、先生っ、中出しするよ！」

「き、きて……由乃もイクっ！　ああ、大きいのが来てるぅっ！」

勃起をぐりぐりと突き込み、蜜壺の一番奥まで先端を到達させた。

「ああっ、素敵ぃ……！」

由乃が頬を強張らせイキ極める。肢体をぶるぶるっと震わせ、全身を息ませた。

激しいアクメが駆け巡る由乃の裸身は、ガス欠のクルマのようにガクンガクンと痙攣を起こしている。

派手にイキまくる恩師の嬌態に、洋の脳内がピンク色に染まった。

「射精《で》るよっ！　ぐおおお、射精《で》るっ！」

尿道を一気に白濁が駆け上がった。

びゅるるる、どぴゅ、どぷっ、どぴゅびゅびゅっ――。

灼熱の精子を子宮壁に浴びせかけると、おんなの本能に導かれ、立て続けに由乃がアクメを極めた。

「きゃううっ、イクーぅ、あ、ああっ、由乃もイッてるぅ！」

あられもない艶声に自らが刺激されるらしく、絶頂はさらに深く高いものになっていく。

甲高いよがり声とともに、由乃の腰がピクンピクンと跳ねまわる。宙に浮いたつま先が、脛からピンと美しく一直線に硬直している。

膣内がきゅっと収縮して、肉棒を締め上げていたものが、洋の精を奥まで呑みこもうとするように急に緩んだ。

「ああっ、射精《で》てる。洋くんの精子が、由乃のお腹の中にまき散らされてる！」

夫を亡くして二年あまり。由乃は、久しぶりの膣内射精で一気におんなの快美感を思い出したようだ。知覚過敏となった肉体は、いつまでも絶頂の漣《さざなみ》にさらされていた。

洋の生殖液が、由乃の哀しみや寂しさを、その熱で焼きつくしてしまったかのようだった。

「いいわ、ねえ、いいの……。このままずっと由乃の中にいて……」

切れ長の瞳を涙目にさせて、貪欲なまでにアクメを貪りつくす由乃。潤みきった女壺は優しくきつく、すがりつくように射精し終えた若い肉茎を離さない。

「もっと強く抱いてっ。あの人を忘れさせて……」

なおも繋がりながら抱きつく未亡人。おんな盛りの肉体を、洋もまた強く抱き締めた。

「俺、由乃先生と一つになれて、高校の頃の夢が叶いました……。ほら、まだ先生のおま×こに、俺のち×ぽが入っているでしょ」

由乃に咥え込まれたペニスは、今にも復活しそうだ。洋はムズムズする下腹部を意識しながら、恩師の朱唇をそっと求めた。

第五章　最後のサイン

1

初夏の香りが入り混じった五月の空気も、情事のあとの寝室ではベッタリと重い。窓を開け放つわけにもいかないため、さらに熱い湿気が籠《こ》もり、皮膚にまとわりついてくる。

荒く上下に息づく由乃の乳房も、汗にぬらぬらと光り輝き、油を塗ったようだ。

「先生の肌の甘さと、汗の塩辛さが絶妙……！」

たっぷりと射精した直後であっても、洋の欲求は消えることがない。

（やり過ぎて、ち×ぽがバカになったかなあ……）

先生と結ばれて以来、すでに三日三晩、ここに入り浸《びた》っている。起きている時間のほとんどは肌を重ねていたため、もう由乃の豊麗な女体に、洋の知らないところなどないくらいだ。にもかかわらず、いくら求めても、洋の性欲は尽きることなく、むしろメラメラと燃え上がるばかりだった。

「あうん、あ、ああ、またなの？　由乃、こんなに求められるの、初めてよ……」

「だって、由乃先生が悪いんです。こんなにすけべな身体して……。俺、先生となら何度だってできます！」

肉丘の一方を右掌で弄び、さらにもう一方の乳房には、ザラついた舌を乳首に絡ませた。

（そうだよ、違うんだ。由乃先生が、魅力的すぎなんだよ！）

ちゅうちゅうと吸いつけると、ぷっくらと充血した乳首から母乳が吹き出してきそうだ。

「先生のミルク呑んでみたいなあ……」

赤子のように邪心なくという訳にはいかないが、本気で由乃のミルクを呑みたいと願う洋は、少し強いくらいに乳首を吸った。

「あうっ！　んんっ、洋くんたら、赤ちゃんみたい……。でも、本当に残念、由乃も洋くんにならミルクを飲ませてあげたかった……」

蕩けた表情の未亡人は、美脚を洋の足に絡みつけ、滑らかな肌を味わわせてくれる。時おり、細腰をくねらせているのは、乳房からの甘い疼きが、子宮にまで届いているからに違いない。

すでに女教師の面影はなく、ただひたすら若くたくましい牡を求める牝と化している。未亡人としては若すぎる二十八歳の身体が、教え子の荒々しい欲情に感化されているのだ。

「俺の子供を由乃先生に産んでもらおうかなあ……。そうしたら、俺も先生のミルクを呑めますよね……」

半ば冗談めかしているものの、その実、洋は本気だ。九つ年上であっても、由乃がその気になってくれるなら、一生を共にしたいと思いはじめている。だからこそ探りを入れるつもりで、そんな言葉を吐いたのだ。

「ねえ、洋くん。聴いてくれる？」

急に真顔になった由乃が、洋の瞳の奥を覗き込んでいた。その濡れた瞳の中に洋は、おんなの悦びと共に、秘めたる想いを見つけた。

（ああ、やっぱり……）

由乃が何を言おうとしているのか、相手をよく見るようになっている洋にはすぐに判った。

「わたしのことを洋くんがどう想ってくれているか、判っているつもりよ。でもね、この関係は、今だけのものなの。だって、洋くんには将来があるのだもの……。それにはわたしは邪魔になる」

「そんなことありません。俺、先生が傍にいてくれるなら、どんなことでも頑張れます」

由乃が言いたいことは、判っている。それでも、そう簡単にあきらめがつくほど、彼女への想いは軽くない。

「わたしね、教職に戻ろうと決めたの。これも洋くんが慰めてくれたお陰よ。いつまでも留まっていてはいけないと、あなたが思わせてくれたの……」

蕩けた由乃の表情は、洋への想いがいっぱいであることを物語っている。その上で、洋に前に進めと教えてくれているのだ。

「それに洋くん。いま好きな人がいるのでしょう？」

女教師の洞察力か、おんなの勘か、するどい由乃の指摘に思わず洋はドキリとした。

脳裏に麗菜の顔が浮かぶ。由乃とこうしているのに、彼女の顔が浮かんでしまったことは、由乃にも麗菜にも悪い気がした。

「うふふ。図星だった？　ねえ、これはアドバイスね。好きになった人には、正面からきちんとぶつかることよ。洋くんは、相手の想いを推《お》し量《はか》り過ぎるから……。その人がどう思っているかより、自分の想いに素直になること」

例のおみくじに頼るあまり、いつの間にか洋は、相手のことを観察し過ぎていたのかもしれない。

(そうか、いつの間にか相手の顔色や出方を窺って、自分を見失っていたんだ……)

そんな洋を由乃はその確かな眼差しで見抜き、教えてくれているのだ。

「なんだかんだ言っても、おんなは受け身で待っているの。だから、真正面から押されると弱いものなのよ」

理紗や美衣、美奈子に由乃と、洋が経験した女性たちは、みんなが洋の成長を促してくれる女性ばかりだった。

『洋くんに、いい人ができたならちゃんと言ってね。邪魔したりしないから』

彼女たちが口々にそう言っていたのも、洋の成長を見守ってくれてのことだと気がつき、じんと鼻の奥が熱くなった。いくら感謝しても感謝したりない想いが溢れてくる。

同時に、麗菜にきちんと想いを伝えようとも決意した。

（みんな俺の背中を押してくれているんだ。だから、俺は行動しなくちゃ！）

腹を固めた洋の頬が、由乃の甘手にそっと包まれた。

逞しく男らしさを増した表情に、チュッと唇が当てられた。

「ねえ、最後にもう一度だけ由乃を抱いてくれる？」

洋の右手を由乃は自らの女陰へと導いてくれた。

秘密の花園は、ぐしょぐしょに濡れそぼっている。洋の精液と彼女の愛液がねとねとに入り混じっているのだろう。

「ああ、由乃先生……」

縦裂にあてがった手指をぐいっと内側に折り曲げると、いともたやすく指先がヴァギナへと沈んでいく。やわらかくも生温かい媚肉は、それが嬉しいとばかりに、すぐに触手を伸ばし、洋の指先を奥へと誘ってくれた。

「先生のおま×こに、ずっと俺のち×ぽを挿入《い》れておきたいです……」

「でも、あなたは、もう由乃から卒業しなくちゃ……。あ、ああん」

やりたい盛りの洋だから、早くも下腹部を疼かせている。それをむっちりとした太腿に擦りつけているから、彼女も気がついているはずだ。

「あ、っくふう……。も、もうなの？　本当に、困った子ね」

困ったと言いながらも、彼女の言葉に咎《とが》める響きはない。むしろ、言外にさらなる性行為を許可してくれていた。

「先生っ。由乃先生。俺の先生っ！」

夢中でヴァギナをあやし、首筋やデコルテライン、胸元へと唇を這わせる。

「ああ、由乃の身体、汗臭くない？　シャワーも浴びさせてくれないから……」

吹き出す汗に牝臭をムンムンと漂わせてしまうのが、自分でも気になっているのだろう。けれど、洋にとっては、汗に蒸れた女体の芳しい匂いこそが、激しく欲求を刺激してくれるフェロモンに違いない。

「うわああ、本当に、先生のおま×こ、ぐっちょぐちょだね……。割れ目から何本もねばねばが出て、糸を引いてる感じ」

「もう、バカぁ。そんなジッと見ちゃダメなんだから」

洋の視線を感じ、由乃が頬を真っ赤にして恥じらった。いつまでたってもこの調子で、恥ずかしがる未亡人が、ふるいつきたくなるほどカワイイ。

（いつまでも恥じらいを忘れない女性が魅力的って、本当のことなんだなあ……）

感慨に胸を震わせながら、洋は女陰の浅瀬にポイントを探り当て、ぐぐっと押した。

「ひうっ！　ああ、そこ、だめぇ、ああ、あ、あああぁぁ～っ！」

落ちたヒップがせり上がり、的確に由乃の性感帯を押さえていることを物語った。

「でも、由乃先生のおま×こ、俺のち×ぽが欲しくて濡れてくれてるんですよね」

「ひぅっ、ええ、そうよ。欲しいのあなたが欲しくて仕方がないの。ねえ、気持ちよくさせて……。ああ、もっとぉ……」

くねくねと悶える柔肌が、洋のあちこちに擦れ気色いい。艶声も、洋の脳を蕩かしてくれる。

「もっとですか？　おま×このここかな、それとも奥のほう？」

指の付け根にほっこりした肉土手が当たっている。それをさらに押しつぶすようにして、ぐいぐい奥をほじりたてる。快感を探られた女体が、反射的に逃がれようともがく。その美尻を抱き寄せ、ふくらはぎを跳ねあげた。

「ふううっ」

由乃がもがけばもがくほど手指を密着させ、秘裂をめちゃくちゃに掻きまわしてやる。

「ああん、気持ちいいっ……。ねえ、お願い、おち×ちん頂戴……。由乃をもっと気持ちよくさせて……」

洋の肉塊にも、二人の分泌物がゼリーのように付着している。そのヌルつきを利用して内ももに擦りつけていた。位置を少し変えれば、今にもずるりと竿先が、秘裂に潜り込みそうなのを、マニキュア煌《きら》めく指先に捕まえられた。

「お願い。これが欲しいの……。由乃に頂戴……」

やさしい指先に導かれ、切っ先が秘裂に触れた。伸ばされていた美脚がM字に折り畳まれる。

「由乃の奥に、一番深いところに……。くふっ、ふ、ふううん！」

女教師に導かれるまま、洋は腰を押し進めた。

ちゅるんと秘裂に亀頭部が埋もれる。痺れるような快感に、ぐんと硬度を増した。

「ああっ、由乃先生っ！」

ごろんとした鈴口で狭い膣孔に肉栓をするように押し込んでいく。とっぷりと濡れそぼる女陰は、すっかり肉棹の容《かたち》を覚え込んでおり、容易《たやす》く根元まで呑み込んでくれる。

「ああ、嵌ってる。洋くんに奥まで押し拡げられている。ああ、しあわせよっ」

牡牝のプラグが一つになった途端、スイッチが入ったように互いの性神経が結びつく。二人のSEXは、最早それが当たり前となっていた。

興奮にはやる洋は、肉棒で膣肉をたっぷり抉《えぐ》りたてる。すると、いかにも心地よさそうに由乃は尻をヒクつかせた。その動きが媚肉を蠢かせ、さらにはカリ首から根元までを甘く締め付けてくる。

「そうよ、ああ、そこ……そう、そこぉ」

「ぐふうっ、があぁっ……」

喘ぎさえもシンクロさせ、二人は愛欲に溺れた。

「先生の中、温かくて気持ちいいよ。先生とひとつになれるたびに俺、うれしくて感動がやみません」

大人のおんなを深々と貫いた満足感が、洋の頬を緩ませる。その表情が、由乃の母性愛と教師愛をくすぐるようだ。

「もう。ほんとうに子供みたいに嬉しそうな顔をして。おち×ちんはこんなに逞しいのに……。由乃もうれしいわ。ああ、あなた、とっても素敵よ」

男を喜ばせる台詞《せりふ》と共に、由乃から唇を重ねてきた。洋の背中に腕を回し、愛情たっぷりに口づけをくれるのだ。

「んッ、んふっ、んんんっ」

舌を絡ませ、唇を擦り合わせていると、たまらなくなり、おもむろに洋は腰を動かした。度重なる情交に洋の分身は敏感になっていて、早くも射精衝動が起きはじめている。

ユサユサと豊麗な女体ごと揺さぶるような律動。トロトロの蜜肉をさらにほぐすように捏ね上げ、こじあけては突き進み、粘っこいスライドをおこなう。

「んふう、あ、ああん、あぁぁ……」

ソプラノヴォイスが甘ったるく湿り気を帯びるにつれ、洋は征服の興奮に取り憑かれた。

「ああ、先生っ、愛してる。好きです！　大好きですっ！」

しっとりとした色香を啜《すす》るようにして、恩師の首筋にキスを浴びせかけ、うわ言のように愛の言葉を囁いた。

「わたしもよ。ああ、由乃も愛しています。洋くん、好きよ、大好きっ！」

灼熱の一体感が、どんどん膨らんでいく。身も心も一つとなって、一気に絶頂目指して駆け昇るのだ。

膣壁が上下から悩ましく吸着してくるばかりか、左右の柔肉がヌルヌル揉みしごくようなうねりを示している。洋を離したくないとばかりに、由乃が首根っこを抱きしめてくれている。

「あぅッ！　あ、い、いいッ。ああん、奥ばっかり突かれて、おかしくなっちゃう。

あ、ぉん……」

「先生は奥の方も好きでしたね。ここですか？　このへんがイイです？」

「あッ……そ、そこ……よ、由乃のおま×こ、そ、そんなに、いじめないでぇ」

洋は亀頭を奥深くに嵌め込んで、奥底を捏ねるようにしてジャブを繰り出した。

子宮口に己の居場所を作るため、せっせと女肉を掘り返す。熟れた肉と愛液を掻き混ぜ、じゅぶっじゅぶっと低い音が漏れるのが愉しい。粘ついた音が由乃の興奮を証明しているようで、たまらないのだ。

「ああ、いいっ！　よすぎて、由乃イッちゃう。ああ、イクぅっ！」

未亡人のあえぐ声には、妖しく性感が溶け込んでいる。もはや、それを厭うこともせず、たっぷりと聞かせてくれる。しかもそれは洋が究極の律動を加えるごとに、ますます淫靡な熱を帯びていくのだ。

「すごい。ああ、すごいわ、洋くん……。由乃、イキすぎて怖いくらい……」

イキ乱れながらも艶冶に微笑む由乃に、洋はもっともおんなが美しく見える瞬間を見せつけられている気がした。女性の奥深さ、性の深淵を、身をもって覗かせてくれる由乃にひたすら感謝しながら、洋は燃え尽きようとする最後の抽送をかました。

腰をせわしなくストロークさせ、速い連打を繰り出し、パン！　パン！　パン！

と膣肉を抉った。

「ぐおおおっ、射精《で》ます！　先生、由乃先生っ！」

射精を促そうとするように、由乃の腰も揺らめいている。肉付きのいい腰を大きく揺すり、大きな乳房を弾ませていた。

押し寄せる射精感に、洋はたまらず女体に覆いかぶさった。深い乳房の谷間に顔を押し付け、密着した肌と肌で正常位ならではの情愛を確かめる。

とうとう縛めの緊張を解くや、洋は生温かいヴァギナの中に、精液をまき散らした。

「あああっ、射精《で》てるッ。由乃の中に洋くんの精液が……。ああ、また、いっぱい射精しているのね。あ、あああ……」

男女の肌は、これ以上ないくらいに蕩けあい、互いの境界すらあやふやなほどだ。

「あぁ……俺、しあわせです。由乃先生のおま×こに、こんなに射精《だ》させてもらえるなんて……。先生！」

ぶるぶるぶるっと体を震わせ、一滴《てき》残らず洋は放出した。

未亡人の女体も、妖しくぶるぶるっと震えている。洋の甘い言葉に反応し、またしてもイキ極めているようだ。

それもかなり深い悦びであったようで、これまでに見たどのイキ顔よりも淫美なさまを、由乃は晒していた。

2

「伝えよう。この想いを伝えるんだ。好きだってこと。つきあって欲しいってこと……」

いくら女性のサインを見つけても、結局は正面から押さない限り、相手の心は動かせない。そのことを教え、背中を押してもくれた由乃。元担任教師のやさしさに報《むく》いるためにも、洋は行動を起こさなければならない。

(俺は、もてたいんじゃなかったんだ。愛されたかったんだ……)

今更ながらに気付いた洋は、麗菜の姿を求め彷徨い歩いた。

まずは、ベーカリーショップ〝トング〟を覗き、彼女がまだ出勤していないことを確かめると、今度は大学の構内を捜し歩いた。

キャンパスのどこに麗菜がいるか当てもないが、学部は知っているので、その関連や必須科目となりそうな講義を片っ端からあたった。

学食やホールなども探してみたが、結局、その姿は見当たらなかった。

「もしかして、入れ違いになったかな？」

体内に燃え盛るパッションそのままに、洋は取って返すと、再びトングへと向かった。

ガラス張りの店先から中を覗くと、すぐに彼女を見つけられた。焼きたてのパンを大きなトレーから丁寧に並べている。

相変わらずその所作には無駄がなく、指先にまで神経が行き届いている。ちょっとした身だしなみや立ち居振る舞い、何事に対しても女性らしい繊細な心遣い、すべてのものに愛情あふれる心、そういったものが本当に大切なのだと彼女は身をもって示しているようだ。そして、それこそが麗菜の美しさの本質だと、密かに洋は思っている。

「ああっ、やっぱり、ここだったか。では、いざ!!」

自らを鼓舞するように独りごちて、木製のドアを押した。

ちりん、ちりんとドアベルが鳴る音に、心臓が飛び出しそうなほど動揺した。

「いらっしゃいませ。まあ、大河内様。こんにちは……」

洋を認めた麗菜が、明るい声を掛けてくれた。

しかも、わざわざ歩み寄ってくれて、きちんとしたお辞儀《じぎ》をしてくれるのだ。

だが、丁寧に応対してくれるのはうれしいが、どこまでいっても彼女にとって自分は客でしかないのではないだろうか。

（少しでも意識してくれるなら、こんなふうに応対できないよな……）

またぞろ弱気になったが、由乃のアドバイスを思い出した。

（だめだって。先生からも相手がどう想っているか考え過ぎ、って指摘されたじゃないか。今日は自分の想いを告げることに集中するんだ……）

人の顔色を見る悪癖がついていることを、洋はつくづく思い知った。財布の中に忍ばせたおみくじに触れ、自らを戒める。元はと言えばこれが、その悪癖を作った元凶とも言えるが、女性と上手くいくゲン担ぎでもあるのだ。

「こ、こんにちは。きょ、今日も麗菜さん、バイトですか？」

「ええ。学費を稼がなくちゃならないので。では、ごゆっくりどうぞ……」

若草色の制帽が、再びぺこりとお辞儀して、作業していた場所へと戻っていく。

（いまチャンスだったか？　いやいや、他の店員さんの目もある……。焦るな俺！）

とりあえずはパンを選ぼうとする洋を、麗菜がちらちらと目で追っている気がした。店員さんが客の動きを見るのは、不自然ではないが、心持ちその視線が熱いと思うのは自意識過剰だろうか。

食傷気味のパンに、あれこれ迷いながらもいくつかをトレーに載せ、レジに向かうと、今度は真正面から視線がぶつかった。

(もしかすると、脈ありかも!)

気をよくして洋は、麗菜をまっすぐに見つめ返した。すると、今度はぽっと頬を赤らめ、恥じらうように視線を彷徨わせるではないか。

(うそ、本当に? 自意識過剰なんかじゃないぞこれは!)

もちろん、洋の心臓も恐ろしいほどのペースで早鐘を打っている。

タイミングを見計らっていたから、周りに他の客や店員はいない。そのことをもう一度確認してから、洋は口火を切った。

「あ、あの……」

思いつめた表情でレジに詰め寄ったせいか、ハッと彼女が顔を上げた。

そのつぶらな瞳が、まっすぐこちらに向けられている。

「も、もしよければ、俺、い、いや僕と……」

しどろもどろになりながらも、勇気を振り絞り言葉を紡《つむ》いだ。

「れ、麗菜さんのことが、す、好きです。一方的な想いで、僕のこともよく知らないでしょうし……。でも、いや、だから、僕と、デ、デートして欲しいんです」

ようやく最後まで言い終えると、ふーっと腹に溜まった空気を全て吐き出した。

「あの、私も……」

思いがけない返事をされて、初めは何のことだか分らなかった。

「へっ？」

ピンと来ていないことが顔にも出ていたらしい。麗菜がやわらかく微笑んだ。

「何となく大河内さんの気持ち、気付いていました……。ですから、いつの間にか私も大河内さんのことを意識していて……」

「え、ええっ！」

一〇〇％以上の満願解答にも、信じられない思いしかない。だから「大河内様」から「大河内さん」への格上げ（？）にも、すぐには気付かなかった。

「うれしいです。男らしくはっきりと想いを伝えてくれて……。そういう人、私、好きです」

穏やかながらはっきりとした返答に、洋は天にも昇らんばかりの心地がした。

3

初めてのデートは、告白してから二日後のことだった。

当日の朝まで、彼女をどこに連れて行こうか、何が好きなのだろう、どうしたら喜んでくれるだろうかと、ずっと悩み続けた。それを知るためのデートであると判っていても、ちょっぴり不安であり、同時にそれを考えることがしあわせだった。

結局、映画を見て、お茶をして食事、といったありきたりなデートコースとなったが、十二分に愉しい時間があっという間に過ぎていった。

麗菜と会話を重ねるたび、ますます彼女のことを好きになってゆく。相変わらず、彼女は何気ない仕草や身のこなしが美しい。

笑う時などに、やわらかそうな手指を口元に運ぶさまが、無邪気さと上品な色気を同時に感じさせてくれる。

何気ない言葉遣いにも、やさしい思いやりが見て取れた。それは堅苦しさとか、よそよそしさとも違い、生まれついての穏やかさを感じさせるものだった。

そんな麗菜と食事の後も何となく別れ難《がた》く、今日二度目のお茶をした時、洋はしなくてもよい話まで口にしていた。

この数か月にあった、理紗からはじまり美衣や美奈子、由乃とのできごとだ。

調子のよいところはあっても、どこか生真面目な性格の洋だから、どうしても麗菜には知っていてもらいたかった。

割り切った関係とはいえ、彼女たちに抱いていた青年らしい罪悪感と、それだけ麗菜ときちんと向き合いたい気持ちの裏返しだったかもしれない。

「いきなりこんな話、麗菜さんにしてしまって……」

嫌われるかもしれないとの恐怖と葛藤しながら洋が全てを打ち明けると、麗菜はその真っ直ぐな瞳で頷いてくれた。

「でも、それは過去のお話でしょう？」

「そう。もう過ぎた話で……。でも、きちんと麗菜さんとお付き合いしたいから。大切な存在になりそうだから」

「判りました。でも、うふふ。なんだか、結婚の申し込みをされているような気分ね……」

おんなの確かな目で洋を見定めたらしい麗菜は、笑って許してくれた。

「ああ、もうこんな時間だ。そろそろ送らなくちゃね……」

麗菜がさばけた性格であることにホッとすると、彼女を送るべきシンデレラタイムが意識された。

（初めてのデートなのだから、ここは紳士的に家まで送り届けなくちゃ……）

カップに残ったコーヒーを呑み干し、彼女のカップもトレーに載せて返却カウンターに運んだ。

「あー、愉しかった。洋さんって、おもしろい人ですね」

心地よい風に吹かれながら、二人は駅に向かってそぞろ歩いた。

「麗菜さんは、いまどきの女性らしさと上品さをほどよく同居させた人です」

麗菜の物言いを真似て彼女を褒めると、彼女はすっと睫毛を伏せて恥じらった。

「えーっ、そうですかあ？　上品だなんて言われたのはじめてです……。どちらかというとガサツって……」

自らを卑下《ひげ》する奥ゆかしさが、麗菜の可憐な印象を強め、微笑ましくさえあった。

「ガサツ？　麗菜さんが？　それこそ正反対じゃないですか。ちょっぴり大胆なのは認めるけど……」

言いながら洋は、あらためてすらりとした細身の彼女を、頭のてっぺんからつま先まで眺めまわした。

相変わらず麗菜は、どこまでいっても眩いばかりの美しさであったが、では目鼻立ちのどこが際立っているのかと言えば、洋にも上手く表現のしようがない。やはり、存在そのものがキラキラと輝いているようにしか思えないのだ。

もちろん、今日はプライベートだから、ベーカリーショップでの彼女とは違う。いつもはアップにして後ろで束ねている黒髪も、今日は、前髪だけを垂らし、残りは真ん中から綺麗に分けて胸元近くまで垂らしている。

そのファッションも、落ち着いたブルー系のカットソーに、下半身はダークグレーの大胆なミニスカートという出《い》でたちで、可愛らしさと大人っぽさを同居させた彼女には、お似合いのものだ。

若い女性のミニスカート姿くらい見慣れていたが、しかし、それとはまるで違う存在に感じられる。制服姿の彼女しか知らなかったから、余計に新鮮味があるのだろうか。

（キスくらいしたいけど、初めてのデートでは早すぎるよな……）

隣を歩く彼女と時折腕が触れ合う。それほど近い距離を歩いてくれる麗菜の存在がうれしい。今日一日で「大河内さん」から「洋さん」にまで格上げできたのだから、焦る必要などない。けれど、愉しい時間であったからこそ、もっと一緒に時間を過ごしたい。

（だめ、だめ。麗菜さんを大切にしてあげなくちゃ！）

ゆっくりとした歩調でも、次第に駅が近づいてくる。胸が張り裂けそうなばかりに別れが惜しい。麗菜も同じ気持ちなのか、駅の灯《あか》りが近づくとソワソワしはじめた。

「また、誘ってくださいね……」

何よりも魅力的すぎる笑顔には、またぞろどぎまぎしてしまう。

「は、はい。ぜ、是非！」

「本当ですか？　じゃあ、次はいつ？」

意外な積極性を見せるのも彼女の魅力。そのあたりは、今時の女の子らしさだろう。

「俺は、明日にだって麗菜さんに逢いたいです！」

歩きながらの会話だから、互いに顔を見合わせずに済んでいる。だから、思い切って口にすることができた。

すると、麗菜の手が洋の掌を握りしめてきた。

少しだけひんやりした手指は、やわらかくすべすべしている。未だ、肌が水をはじくお年頃であることを、その手触りが如実に語っている。

「わ、私、まだ、帰りたくありません……」

消え入りそうな声が、洋の琴線を震わせた。

思わず麗菜の顔を見やると、あわてたように視線が彷徨った。それでいて、繋がれていた手が、さらにぎゅっと力を強める。

「そ、それって……」

女の子から誘うのは、余程勇気がいることに違いない。だから、ここはスマートにエスコートしてあげるべきなのだが、そんな余裕が洋にあるはずもなかった。

卵形の小さな頭がこくりと頷いて見せた。街灯の灯りくらいではよく判らないが、恐らく麗菜は顔を真っ赤にさせているはずだ。

「本当に、いいの？」

こうも都合よく進み過ぎて、いいのだろうかとの思いが、確認の言葉を吐かせた。

4

洋が麗菜を導いたのは、駅の傍にあるシティホテルの一室だった。

学生の分際で、贅沢とも思ったが、彼女との初めてを大切にするなら多少の背伸びも仕方ない。

「初めてのデートで、それもおんなの私から誘うなんて、軽蔑《けいべつ》しないでくださいね」

女性らしいことを気にしている麗菜が好ましい。

「どうして、誘ってくれたの？　そんなムリをしなくても、俺、麗菜さんを大切にするつもりだったけど……」

もしかすると麗菜は、先ほどの話を気にしているのかもしれない。理紗との初体験からはじまり、美衣、美奈子、由乃と次々に関係を結んだ話だ。

もちろん、その情事の全てを赤裸々に語ったわけではないが、それが麗菜に背伸びをさせているのかもしれない。

「ムリなんて……。なかなか誘ってもらえずに、焦らされていたから。本当は私も意識していたから。決めていたのです。洋さんからアプローチされるまで、あそこのバイトを続けるって……」

うれしい告白に、震えがきた。

「本当ですか？　飽きるほどパンを食べた甲斐があったなあ」

「あら、ホントはそんなにパンはお好きではないのですか？」

「うーん。嫌いじゃないけど、美味《うま》かったのは、初めの頃だけで、さすがに……」

「実は、私も……。売れ残りのパンをよく持たされて」

互いに顔を見合わせて笑った。

心が繋がりあったのだから、今度は素肌に触れたい。すぐに真顔になって、唇を寄せた。

抱きしめた麗菜は、華奢《きやしや》でありながらも十分に発育している。胸板にあたるバストなどは、驚くほどにやわらかく、しかも弾力性たっぷりだ。

重ねた唇の感触も、素晴らしい。瑞々しくふっくらぷるんとしていて、肉厚の花びらを吸うようだ。

短くちゅっと啄《ついば》んでから今度は長く。彼女の甘い体臭を愉しみながら、小柄な肉体を抱き締めた。

「う、ううん。はむん、むぬう……」

上下の唇の間に舌を挿しこむと、おずおずと口腔の中に迎え入れてくれる。

洋は夢中で、麗菜の口腔内を舌先で愛撫した。唇粘膜や歯の裏側、上あごをやさしくほじり、薄く熱い朱舌を絡め取る。

舌腹同士を擦り合わせてから、彼女の喉奥まで挿し入れて舐めまわした。

「う、ううん、ひ、洋さんの舌が、喉の奥まで……。ぅふう……」

熱い口づけを繰り返していると、サラサラだった麗菜の唾液に粘り気が感じられるようになる。それが女性の興奮を表すサインであり、次へと進めるベストタイミングだ。

年上の女性たちからたっぷりと学んでいる洋だからこそ、ウブい感じの麗菜を上手にあやすことができる。

「や、やさしくしてくださいね……」

蚊の鳴くような声で言う麗菜は、もしや初めてなのではと思わせる。ならば余計にデリケートに扱わねばと、洋はやさしい愛撫をしかけた。

洋服の上から、そのボディラインをじっくりと撫で回す。身体の側面や背中、お尻といったところを、彼女に触られていると意識させるように掌や手の甲を這わせる。

服の上からだから、多少強めでも構わない。けれど、やさしさだけは感じさせてあげなくてはならない。それを洋は、言葉で補った。

「大丈夫。やさしくします。気持ちよくなって欲しいから、どこが感じるか素直に教えてくださいね……」

恥ずかしさは、そのまま官能のスパイスになる。要は、さじ加減なのだ。

「は、恥ずかしいです。ああん、洋さんのいけない手が……」

「俺の手がどうしたのです？」

「やさしくて大きな手が、麗菜の身体を触っている……。恥ずかしいところも、気持ちのいい所も、みんな触られているの……」

ソフトな声質が、悩ましく掠れていく。その艶めいた響きに促され、洋の下腹部に血液が溜まりはじめる。

「触ってますよ。背中も、ほらお尻も……。そして、おっぱいにも……」

弾力あるふくらみを下方から支えるように掌で包み込むと、びくんと女体が震えた。

「んっ！」

これまでの女性たちの中で、麗菜が一番はっきりとしたサインを示してくれる。経験不足で隠すことができないのか、感じやすい体質なのかは判然としない。けれど、それは、何よりも男心をそそるものであることに変わりない。

「脱がせても、いいですか？」

訊《たず》ねるまでもないことを、わざと聞いてその反応を見る。案の定、剝き卵のような小顔を目いっぱい赤く染めながらも、麗菜はこくりと頷いてくれた。

「じゃあ、麗菜さんの裸身、見せてくださいね……」

女体を触り回していた手指を、カットソーの裾に移す。

濃いブルーのカットソーは、ゆるふわの素材だから、下からまくり上げると容易く女体から離れてゆく。引き締まったタイトなボディラインから、つるんと皮が剝ける印象だ。

勢いに任せて、ダークグレーのミニスカートも脱がせてしまった。

「ああっ……」

瑞々しくも透き通るような白肌には、これまた白い下着だけが残された。清楚な麗菜らしいブラとパンティだ。

白地には、シャンパンゴールドの糸で花やリボンといった細かい刺繍が施されている。可愛らしくも華やかなデザインが、これまた麗菜らしい。

最近の下着のCMでは、アイドルやモデルが美しい肢体を惜しげもなく晒している。けれど、目の前の麗菜ほど清楚な下着姿にお目にかかった記憶がない。

驚いたのは胸元のボリュームで、やさしくカップに包まれたふくらみは、想像以上に深い谷間ができている。奥ゆかしい麗菜にあって、そこだけが誇らしげに自己主張していた。

(わあああ、意外におっぱい大きい！)

由乃の巨乳には、敵わないものの美奈子のふくらみよりも大きいかも知れないほどだ。

腰部が深くくびれているため、その胸元は余計に大きく感じられる。

麗菜のそそる下着姿に、洋はごくりと生唾を呑んだ。

不躾な視線を送る洋に、麗菜は心底どうしたらいいか判らない様子で、今にも消え入りそうな表情を俯《うつむ》かせ、ただひたすら視姦に耐えている。その健気《けなげ》な姿が、また儚い印象を際立たせ、洋を堪《たま》らない気持ちにさせた。

「きれいです。麗菜さん……。魅力的すぎて、俺、目が潰れそうです……」

洋が大げさに誉めていると感じたのか、麗菜ははにかむような笑みを見せてくれた。

「そんなに褒めないでください。私、スタイルに自信ないですし、恥ずかしいです……。でも、本当だとしたら下着のお蔭かしら……。もしかしてって思って、唯一持っている高い下着を着けてきたので」

少しでも気恥ずかしさを紛らわそうと、麗菜がおどけて見せる。それは彼女の天性からの賢さだろう。

「大丈夫です。絶対、自信持っていいですよ。本当に、きれいですから！」

真顔でもう一度褒めてから、洋はおもむろに腕を伸ばした。

華奢な肢体を腕の中に収め、背筋についているホックを外しにかかる。

びくんと女体が震える。その緊張が洋にも伝わり、ホックを外すのに苦戦した。できるだけスマートになどと考えているから、余計に焦りも生まれるのだ。

(焦るな。落ち着けば、きっとうまくいく……)

自らに言い聞かせるようにして格闘すると、ようやくホックが外れてくれた。

「あっ……」

瘦身を締め付けるゴムが緩んだことで、彼女もそれと知ったらしい。

滑らかな肩からブラ紐を外してやると、ブラカップが重力に従って落ちようとする。それを掻き抱くように、あわてて麗菜は胸元を押さえた。

「どうして？　見せてくれるのでしょう？」

伏せられた長い睫毛が、ふるえている。

「だ、だって……」

怯えるような眼差しが、洋の目の奥を見上げてきた。

「ちゃんと見せてくれないと、先に進めませんよ……」

なるべくやさしい口調と眼差しを意識して麗菜を促すと、胸元を抱え込んでいた腕が、おずおずと開かれた。

白地のブラカップが、儚くもはらりと落ちる。

現れ出《いで》たのは、きれいなお椀型を保った青白いふくらみだった。そのボリュームもさることながらその肌の質感が素晴らしい。

ハリ、ツヤ、潤い。どれをとっても極上であることが、見た目にも伝わってくるのだ。透明感のある純白肌は、皮下の血管を透けさせ、神秘的なまでに青白く見えた。

ブラによって支えられ中央に寄せられていた乳房は、その谷間の位置を少しだけ下げたものの、それでもコラーゲンたっぷりの薄い皮膚によって、美しくも魅力的な眺めを形成している。

（すげえ！　すべすべつやつやのミルクボディ！　眩しすぎて目が潰れちゃうよぉ!!）

ふくらみの頂点には、可憐な純ピンクが丸く円を描いていた。楚々とした乳首が、肉丘にやや埋まり加減で顔を覗かせている。

「麗菜さんの白いおっぱいきれいだぁ。それに乳首まで恥じらってるのですね……」

「いやです。ああ、だから見せるのが恥ずかしかったの。私の乳首……」

狼狽した麗菜は、乳房を隠す代わりとでもいうように、両手でその顔を覆ってしまった。やわらかなふくらみが、自らの肘でまたしてもむにゅんと寄せられている。

どうやら麗菜には、自らの乳首がコンプレックスであるらしい。

けれど洋にとっては、いかにも楚々とした彼女らしく、欠点どころか美点にしか思えない。

「本当にきれいですよ。それにカワイイ乳首も、感じてくれれば顔を出すでしょう？」

やさしく褒めたつもりの洋だったが、麗菜はすでに羞恥の限界にあったらしく、ベッドへと逃げ込んでしまった。

ベイビースキンそのままの桃尻が、鮮やかに洋の目に焼きついた。

5

純情可憐な麗菜の様子に、洋は身に着けているものを大急ぎで脱ぎ捨てると、自らもベッドの中に体を滑り込ませた。

瑞々しくも滑らかな肌に、洋の皮膚が直接触れる。そのビロードのような感触に、思わずため息が零れそうになる。

「洋さん。電気を……」

その恥じらい深さは由乃以上で、やむなく洋はパネルのスイッチに手を伸ばし、照明のボリュームを絞った。

「これくらいなら、いいですよね？　真っ暗にしてしまうと、上手くできなくなるから……」

それを免罪符に、麗菜の様子が十分に判る明るさを確保する。カーテンを閉めていない窓から、ネオンの灯りが差し込むのも幸いだった。

「麗菜さん。もう一度、キスさせてください」

微《かす》かに赤味のある黒髪を白いシーツに散らす風情に心ときめかせ、洋は女体に覆いかぶさるようにして唇を近づける。

つやつやと赤くさせた唇のふっくらぷるんとしたたまらない感触。同時に洋は手指を女体の側面に這わせ、やさしい愛撫を再開した。

今度は直接肌に触るのだからと、繊細なタッチを心がける。指先で肌をなぞる感覚だ。

驚くほどにツルスベの素肌は、水をはじくように洋の指も滑らせる。腋から腹部、腰部へと戯れ、臀部の側面でツーッと折り返してから、腹部で内側に切れ込んだ。

「んっ！　ふむん……。んんっ」

麗菜の反応を見ながら指先を進め、乳房の下側に掌をあてがった。

イヌやネコなどの哺乳類の牝の体の内側には、乳腺が縦に並んでいる。それはヒトの女性にも存在し、ホルモンの通り道であると同時に性感帯であることを由乃から教わった。

麗菜の両方のミルクラインを、親指の付け根から指先にかけてやわらかく撫でた。

びくんと女体が捩れ、期待した通りの反応が起きる。

「ふぬむ、ふあん……ふふぉ、ふううぅっ」

しきりに洋に口を吸われているため、くぐもった喘ぎにしかならない。けれど、それがかえって艶めかしくも純な色香に思える。

くりかえしフェザータッチで撫でまわしてから、乳丘を迂回して胸元から腋にかけて、副乳のあたりに手指をあてがう。乳腺を意識して温めるような手つきで、これまたやさしく揉んでやる。これは理紗に教わった性感帯で、やはり麗菜は色っぽい反応を示した。

「んんっ、あ、あぁん……」

朱唇を解放してやると、悩ましい声が即座に零れた。

「ああ、なんて色っぽい声。麗菜さん、感じてくれているのですね」

羞恥を浮かべた眼差しが、けれど、どこか欲しがるように訴えかけている。華奢な肩を捩り、ホッソリとした身体からエロさを強調するきれいな乳房を揺らし、女性らしい腰部をもじつかせ、麗菜のどこもかしこもが洋を魅了した。

(麗菜さんを俺のモノにする。俺の色に染める。いっぱい感じさせたい！)

眼の眩むような熱情にかられ、湧き上がる欲求に任せて、ついにその乳房を手指で覆った。

「あぁっ……」

きゅっと眉間に皺が寄せられる。その額に洋は唇を運びながら、乳房をゆっくりと揉み込んだ。

滑らかな乳肌を掌底に擦りつけながら、丸いフォルムをいびつに変えさせる。

「うわああ、もちふわだ！　超やわらかい。やわらかくて、なめらかで、とゅるっとゆるのおっぱいだぁ！」

ぷるるんおっぱいの最高の肌触りに、洋の感情は弾けた。

「はううっ、あん、おっぱいが熱い。洋さん、ねえ、麗菜のおっぱい、火照っています！」

ふるふるふるんと手の中で揺れ惑う乳房。じっとりと滲み出した汗に、しっとりとした感触が加わり、心底洋を愉しませてくれる。

「ほら、ほら、ほら、麗菜さんの乳首、大きくなってきた。やっぱり感じると勃《た》つんだね！」

春の息吹に蕾《つぼみ》がほころぶように、恥じらい深い乳頭が徐々にしこりを帯びていく。つんと尖りが目立ちはじめると、肉房までもがプリプリッと張りを増し、ひとまわり以上も大きさを変えた。

昂奮と官能で血流が速くなり、青白い乳房が純ピンクに染まっている。

「すごい。なんて美しいんだ。おっぱいが桜色に染まるなんて……」

感動に身を浸しながら洋は、硬くなった乳首に唇を寄せた。

「あうう っ!　あ、あっ、ああっ。ダメ、麗菜の乳首、感じすぎちゃいますうっ!」

背筋がぐんと浮き上がり、美しい弧を描いた。ホッソリとした頤《おとがい》が天を突き、悩ましく唇がわななく。

「は、恥ずかしいのに、麗菜、じっとしていられません……」

麗菜が派手に乱れるのは、経験不足からどう受け流せばよいか判らないからのようだ。それでも、初々しくも瑞々しい反応に、洋は気をよくするばかりだ。次なる狙いは、やはり下半身だろう。

(でも、恥ずかしがり屋の麗菜だから、いきなり舐めるのはやりすぎかな?)

思案した洋は、ゆっくりと乳房から引き下がると、下半身へと移動した。

内また気味の膝小僧を割り開き、空いた空間に頭を運ぶ。

「ひ、洋さん。どうするつもり?　そんな恥ずかしいところ……。ひうっ!」

おもむろに洋は、無垢《むく》な白い下着に口を付けた。

パンティラインは、性感帯に沿っている。前方からお尻にかけて、薄布の際を辿って行けば、おのずとおんなは感じてしまう。

洋はパンティを舌先で湿らせるようにして、腿の付け根を舐めあげていく。びくんとお尻が持ち上がり逃れようとするのを、太腿を抱え込んだ。

「あうっ！　うっく、ああ、ダメです。洋さん、あっ、ふうぅっ！」

漏れ出す喘ぎを抑えようとしてか、麗菜は中指を唇にあてがっている。けれど、喜悦はその程度では遮ることができず、悩ましい声がだだ漏れになっている。

「麗菜さん。気持ちいいですか？　恥ずかしがってばかりいないで、たっぷり感じてくださいね」

アクメに達するほどの快感に身をゆだねた方が、挿入時もラクでいられるはずと、そこまで洋は考えている。苛《いじ》めているようで、あくまで愛する麗菜を慮《おもんぱか》ってのことなのだ。

薄布の下で息吹く彼女の女陰を思い浮かべ、ひたすら洋はパンティを舐めしゃぶる。

「ああ、本当に感じちゃう。洋さん、ふしだらな麗菜を許してください」

被虐に身を捩り、髪が左右に打ち振られる。

内側から滲み出た愛液が、縦筋にシミを作っている。すでに裸身に噴き出した汗粒だけでなく、シミを作るほどの蜜汁を見ると、麗菜は多汁体質らしい。またそこが、これほどの美肌を持つ所以《ゆえん》なのかもしれない。いずれにしても、その濡れシミこそが攻めるべきポイントと見定め、洋は舌先を硬くさせて股間にしゃぶりついた。

「はううっ、ああ、だめです。ほ、本当に恥ずかしいのです。あうっ、あ、あぁん……」

心なしか塩気があって、仄《ほの》かに酸味も感じられる。洋はシミ部に舌を突き立て、薄布を縦溝に食い込ませた。

パンティがW字に食い込んだ部分に、二枚貝がへばりついているはず。それを意識して、舌先で左右に捲《まく》り広げるようなつもりで、薄布を舐めしゃぶる。淫水を潤ませた膣口、尿道口、合わせ目に芽吹いている陰核を思い浮かべ、丹念に愛撫した。

「ふっ……ふうんっ……あ……あぅ……うぅ……」

「いいですよ、もっと声を出しても……我慢せずに、ほら、もっと……」

口腔にまったりと広がる潮《しお》の旨味に肉棒を脈打たせ、先走り汁を吹き零しながらラビアのあたりを懸命にしゃぶり、膣穴をほじる。親指の腹を陰核のあたりに運び、軽く揉み込むように手淫も加える。

「はっ、ううぅ……あぁ……いっ……くふうぅ、んんぅ」

さらに滲み出る愛液に縦シミは濃さを増し、一刻も早く貫かれたいと、それを望むように洋の顔の横を美脚が伸び縮みしている。

「くふうっ、ふむうぅぅ〜っ！　んあ、あ、ああ、もうダメっ！　こんなのダメですう！」

左の掌では内腿のやわらかい部分を撫で擦り、右手は土手部にあて、陰核を執拗に揉み込んでいる。

女体がぶるぶるっと震えた。もしかすると、軽くイッたのかもしれない。

荒く胸元を上下させ、内腿がヒクついていた。

6

気をやったらしい麗菜に、矢も盾もたまらず洋はパンティを剝き取った。

「あっ！」

すべすべの肌だから、卵が剝けるように何の抵抗もなく薄布を剝ぐことができた。

（こ、これが麗菜のおま×こ……）

麗菜は人一倍肌が白いせいもあってか、そのヴァギナは熟しきったざくろのようだ。

そこから立ち上《のぼ》っているのは、イチゴの甘酸っぱさに麝香《じゃこう》の匂いを溶かし込んだような濃厚なフェロモン。たった一枚の薄布がなくなっただけで、立ち上る女薫はいっそう濃く、甘くなった。

「ああ、やっぱりイッたのですね。こんなにおま×こ、ヒクヒクさせて……」

二枚の秘貝が、海水に揺れるように蠢いている。比較的、上つきのせいか、意外にも縦割れは口を大きく開け、物欲しげな印象すら与える。複雑な内部から、少し粘膜肉がはみだし、挿入すればさぞかし気持ちよかろうと想像させた。

「もう。洋さんの意地悪っ！　麗菜を辱《はずかし》めたいのですね。やさしくしてくださいってお願いしたのに……」

詰るような口調ながらも、その眼差しにはカワイイ甘えが浮かんでいる。

淫情にボーッと瞼の下を赤く染め、これがあの清らかな麗菜であろうかと思わせるほどの二面性を露わにしている。

「だって、いじめると反応が可愛いんだもの。なんか、そんな麗菜を見ていると、いろんな体位で犯したくなる……」

「いいですよ。してください……。色々な体位で麗菜を……」

麗菜が、羞恥と興奮の入り混じった笑みを浮かべる。その艶治な表情に挑発されて、洋は定位置に腰を移した。

「じゃあまずは、正常位で……」

使い込まれていないことが一目《ひとめ》でわかる新鮮な肉色に、洋は己《おの》が分身を握りしめ叩くように刺激する。同時に、麗菜の蜜液をたっぷりと亀頭部にまぶすのだ。

タプ、タプ、タプ、ぴちゅ、くちゅ、ぴちゃっ——。

強くなり過ぎないように調節しながら、小陰唇や陰核にこん棒のような性器をぶつける。すると、麗菜の細腰が白蛇のようにのたくった。

「ふ、あ、ああん……。そ、それ響きます……。頭の方に響くのですっ……！」

丁寧な言葉づかいで、淫らなセリフを吐かれるとたまらない気分になる。

濡れた亀頭部が艶光りするのを確認すると、洋は切っ先の角度を変えて、ずいと腰を押し出した。

むにゃんと、花びらがいびつにひしゃげ、互いの粘膜が触れ合ったのもつかの間、洋の切っ先が、愛しい人の媚肉に沈んでいく。

「はぐっ……！」

押し入られる感覚に、ぎゅっと唇をつぐみながら女体に緊張が走った。

肉の帳《とばり》を閉ざそうとするのを、亀頭部をめり込ませて阻止する。

「あううっ……」

本能的にであろうか、ベッドをずり上がろうとする麗菜。その腰部に手指をあてがい、勃起肉でゆっくりと穿つ。

苦しげな呻きをあげて、堅く瞼を閉ざす麗菜。額には乱れ髪が悩ましく貼りついている。

「そんなに、お腹を息ませないで。かえって、辛いだけですよ」

アドバイスを送りながらも、それでも洋はミリ単位での挿入を中断しようとしない。

言われた通りに麗菜がお腹の力を抜こうと、詰めていた息を細く吐き出すのに乗じ、

洋はさらに肉奥に進んでいく。

「あぁぁ……き、きて、ます……ひ……ひ、ひろし……さあぁん！　ぴっちり、ぴっちりとお、おま×こが……きつ、い……です……うう」

吐き出された息の分、確かにお腹が緩んだはずでも、麗菜の美貌は歪んでいる。さすがに処女ではないようだが、それでも経験不足の彼女には厳しい洋の威容だった。

「ゆっくりとしますからね……ほら、平気でしょ？　大丈夫ですから……ほら、緩んだ分だけ……。あぁ、麗菜のおま×こ、超気持ちいいっ！」

これまで味わったことがないほどのきつい膣肉を、洋は慎重に進んでいく。軽く気をやって火照っているのか、とにかく膣粘膜が熱い。すでに侵入した茎に、いじらしく肉襞が絡みつき、甘い感触で苛みはじめる。

「ああ、熱いよ。麗菜のおま×こ。熱くてすごくやわらかい……。ほら大丈夫ですか？　痛い？　でも、二人が擦れてるの、判りますよね？」

その穏やかな口調と同じように、緩やかに優しく洋は麗菜の媚肉の奥に埋めていく。少し挿入しては腰を引き、馴染んだと見るやまた少しと、彼女に苦痛を与えないよう細心の注意を払いながら、麗菜と一つに結ばれる。

「は、はい、判ります……洋さんの容《かたち》が、熱さが……。あぁ、麗菜、洋さんのものになっているのですね。とうとうおんなにしてもらえました……あん……そ、それにしてもすごいです。大き過ぎて、麗菜のお腹が破れてしまいそうです」

うれしさからか麗菜は、その瞳を涙で濡らしている。その初々しさに洋は、張りつめた肉茎の全てをぐいっと押し込んだ。

「ほら、全部挿入《はい》った……。俺たちひとつに結ばれましたよ。　うおっ！　麗菜のおま×こがすごく熱くなってきました。痛くないです？」

判っていながら洋は訊いた。こんなに潤んでいて痛いはずもないだろう。

「大丈夫です……。うれしい。洋さんを全部呑み込めて……。ああ、判ります……本当に結ばれたのですね。麗菜のなかに洋さんが……挿入《はい》ってる……」

愛らしい眼差しが、うっとりと洋を見上げている。容《かたち》のよい乳房が激しく波打ち、洋の身じろぎに反射的に身体を硬くしている。

「そうです、俺たちいま一つです……。それにしても、なんていいおま×こだろう」

心から好いたおんなを抱くことができた充実感。未だ成熟途上にあるようなピチピチボディを組み敷いた興奮も相まって、洋の涙腺も緩みかけている。

「いいですよ。もっと動かしても。大丈夫ですから。そして麗菜を、洋さんの好きなようにしてください」

さっきから洋は、短いスラストをずっと繰り返している。気持よすぎて、とてもじっとしてなどいられないのだ。

「あぁ、麗菜！」

こみあげる衝動のままに洋は上体を倒し、麗菜の身体に覆い被さる。顔を埋めた首筋に、たまらない麗菜の匂い。それだけでイキそうになった。

ぷるるんとしたおっぱいが胸板に潰されながらも、やさしく押し返してくる。その弾力に呼応するように、洋はその振幅を大きくさせた。

「ふぁああん。ふむん、あふあああっ」

発情色に染め上げた朱唇を貪りながら、痺れはじめた肉塊を行き来させる。

ぢゅずずずっと大きく抜いては、ずぶにゅぷんと一気に押し込む。

「んんっ、あ、ああっ……」

悲鳴とも吐息ともつかぬ甘い声が、耳元で漏れた。

「ふぬん、あぁ……か、硬いッ！　おち×ちんが麗菜の奥に擦れてます……。ああ、洋さんの硬いおち×ちんで……あうっ……れ、麗菜、おかしくなりそうですっ！」

巨大なペニスを自在にあやつり、出入りの都度、ヴァギナのあちこちを掻きまわす。初期絶頂のあとに、麗菜の秘めたる官能が乱れ咲いた。

「ああ、す、すごいです。洋さん。麗菜のあそこ……持っていかれるみたいです……。ああん、抉《えぐ》られちゃいますうっ！　おふッ！」

紅潮させた頰が妖しく震え、朱唇をわななかせている。牡肉を突かれるのが余程いいらしく、また気をやりそうな気配だ。

喜悦の電流に貫かれながら、おんなっぽい腰を揺すりはじめ、麗菜は豊かな乳房を洋の胸板にしきりに擦りつけてくる。

(ああ、やっぱり、麗菜もおんななんだ……。清純そうに見えても、官能には抗えないんだ……！)

清楚な美貌の裏に秘められたおんなの宿業を見せつけるように、艶《なま》めかしい腰つきでのたうっている。

「あぅんッ！　ああん、だ、だめですっ。そんなに奥ばかり突かないでくださ……あ、おぅん……」

「好きにしていいって言ったの麗菜ですよ……。ほら、ほら、麗菜は奥の方も好きでしょ。たまらないって感じで、こんなに身体をくねらせて。ここ？　このへんがいいの？」

「あふんッ……。し、知りません。ああ、そ、そこは……れ、麗菜のおま×こ、そ、そんなに、いじめないでくださいぃっ！」

洋は再び上体を持ち上げ亀頭を奥深くにはめ込んで、ジャブを繰り出した。最深部に己《おのれ》の居場所を作るように、せっせと媚肉を掘り返す。肉襞と愛液を搔き混ぜると、じゅぶっじゅぶっと低い音が漏れてくる。

「ああ、卑猥な音ですね……。は、恥ずかしい……」

粘ついた水音が自らの興奮を証明していると悟ったか、羞恥に紅潮させた美貌をしきりに左右に振っている。

「恥ずかしがることはありませんよ。感じてくれている麗菜、すごくかわいいです。では、今度は違う体位で……」

洋はペニスをヴァギナに残したまま、麗菜の片足を折り曲げさせ、その足を横に倒した。

下腹部を横に向かせ、残った足も倒して横臥にさせた。

桃尻を捻《ね》じらせると、フェロモンボディに深い溝が走って歪んだ。

「麗菜はピチピチのナイスバディだから、こんな格好でも綺麗ですね。ほら、そのままうつ伏せになってください。ゆ、ゆっくりとだよ……」

従順な麗菜は、指図《さしず》通りうつ伏せになる。挿入とは違う擦れ方に戸惑っているようだ。その間、一度として肉棒は抜かず、膣に居座り続けている。

「さあ、動かしますよ。そのままうつ伏せでね。ほら、バックから掘りますからね」

「あぅッ！　はあ、あ、ああ、どうしよう、こ、こんなの初めてですぅぅぅぅぅ……」

初めての体位に、麗菜は琴線を激しく乱されるらしく、甲高い声で啼いた。俯せたままの女陰を抉ると、それがたまらないとばかりに膣肉が蠢動する。

麗菜が肩越しに洋を振りかえり、官能に歪んだ表情を向けてくる。眉根が寄り、美しい花びらのような唇がわずかに開いている。官能に震えている彼女の表情は、洋の欲情を沸騰させた。

「れ……麗菜！　あああ、好きだよ、大好きだ！　麗菜、麗菜っ！」

洋は腰を力強く振り、麗菜の尻肉に叩きつけた。下腹部をぱちんとやわらかいお尻に叩きつけると、プリンのような尻朶がやわらかそうに揺れる。

「麗菜も洋さんが好きです……ああ、すごくいいっ！　麗菜……イッちゃいますっ！」

肉棒にまとわりついてくる膣肉が、より艶めかしいぬめりを帯びていた。

「イッていいよ。俺にバックから突かれて、イッちゃいなよ！　ほら、ほら、ほら、ち×ぽを入れるたびお尻がブルンブルン弾むよ！」

肌と肌で情愛を確かめる正常位と違い、おんなにとって寝バックはひたすら膣性感を味わう体位だという。同時に、恥ずかしいイキ顔を相手に晒さずに済む分、恥じらいは薄まり、より奔放になれるのだとも。

「あぁ、す、すごいッ。だめです。もうイクっ！　麗菜、イクぅっ！　むふん……」

白い背筋がびくびくんと痙攣して、女体をアクメが襲っていることを伝えてくれる。イキ乱れる麗菜に興奮した洋は、なおもせわしなく膣を抉る。

「あぁ……麗菜のイキま×こが、きゅうきゅう締め付けてくる……。もっと突くから、もっとイッていいよ。麗菜は奥が好きなんだよね？」

優しい言葉とは裏腹の容赦ない責めで麗菜を追い込む。経験したことがないほどの快感を味わわせてやりたい。彼女をしあわせな想いに満たせてあげたい。そして何よりも、この極上ヴァギナに放出して、自らの色に麗菜を染め上げたい。様々な想いが重なり、耐え難い性欲となって吹き出してくる。

大きな亀頭を威勢良く捻じ込み、勢いそのまま、肉傘でトロ肉を掻き出した。

長いストロークであるにもかかわらず、速い連打を繰り出し、パン！　パン！　パン！　と洋は麗菜の豊臀を叩いた。

「ひっ、あ、あぁ……。またイクっ！　さっきより大きなのが来ちゃいますぅ～っ！」

ギュンと背筋が美しい弧を描き、まるで牝馬が嘶《いなな》くように激しくうねる。

洋の鼻筋を麗菜の豊かな髪が、ふぁさりとくすぐった。甘い匂いとくすぐったいようなやわらかな感触が、洋の射精を促した。

「ぐおおおおっ！　俺もイクっ！　射精《で》るっ！」

ずぶんと膣奥を抉り、肉傘を大きく膨らませた。

子宮口の凹《へこ》みにエラ首を嚙ませ、どくどくと精液を流し込む。

熱い白濁をたっぷりと浴びせられた膣肉が、またしても大きく蠢動した。

「ふぉう……ひふぅ……ひあぁぁ～っ」

言葉として輪郭を成さない悩ましい啼き声。受胎を求めるおんなの本能に、最絶頂が結びつき、恥じらい深い娘を性の深淵にまで打ち上げた。

洋はぶるぶると震えが止まらないイッたままの女体を背後からやさしく抱き締め、愛する女性に最後の一滴まで放出する悦びを嚙みしめた。

互いに多幸感に満ち足りて、しばし飽和状態に陥《おちい》る。

ようやく絶頂から戻ってきた麗菜は、横になったまま洋の腕の中でそっと泣きはじめた。

洋は彼女を強く抱き締めた。子供をあやすようにやさしく揺らしてやると、麗菜の頰を伝い落ちた涙が洋の胸に落ち、すっとその奥にまで染みてきた。

終章

「どうですか？　似合っています？」

麗菜に尋ねられた洋は、エビス顔で頷いた。

白シャツに、短めの茶色いスカート。若草色のキャップとスカーフ。腰部にも、同色のエプロンを巻き付けた完璧なスタイル。ベーカリーショップ〝トング〟で見初めた清楚な店員そのままの麗菜がそこにいた。

「似合っているも何も、俺は、麗菜のその姿に惚れたのだから……」

マンションに遊びに来た麗菜に、洋はさっそく制服に着替えるよう促したのだ。

「こういう場所で制服を着るのって、恥ずかしいです。なんだかコスプレしているみたいで……」

前髪だけを残し、残りの髪をアップに束ねた麗菜は、頬を紅潮させて恥じらった。

良妻賢母タイプの彼女は、従順であり甘え上手な人だった。けれど、決して馴れ馴れしく崩れることなく、甘えていても媚びることはしない。そんな凜としたおんななのだ。

肌を交わして間もなく、麗菜はここを訪れるようになっている。バイト先から近いこともあるのだろう。時には、若妻のように、手料理を振る舞ってくれることもあった。

もちろん、男女の営みを拒むこともない。けれど、トングの制服だけは、いくら洋がリクエストしてもなかなかＯＫをもらえずにいた。

「俺に誕生日プレゼントだと思ってさあ……」

六月生まれの洋は、それを口実にようやく拝み倒したのだ。

確かに、麗菜が口にした通り、マンションの居間での制服姿は、コスプレ以外の何物でもない。けれど、洋にとっては、それがまた新鮮でいいのだ。

「おおっ！　や、やっぱ、麗菜のその制服姿、超カワイイ！」

居間のソファに腰を下ろし、今や遅しと焦れながら着替えを待っていた洋は、その姿を目にするや否や、昂ぶりそのままに叫んでいた。興奮がダイレクトに股間に伝わり、若牡のシンボルを直立不動に硬くさせた。

「ああん。洋さん、目がスケベになっています。そ、それに……もうですか？」

麗菜の目がズボンの前のふくらみに吸い寄せられている。両手で口元を隠すような仕草でおどけて見せるのは、照れているのを隠しているのか。

恋い焦がれた制服姿が、洋に近づいたかと思うと、ソファの前ですっとその膝を折った。

「今日は特別に洋さんにサービスしちゃいます。これも、お誕生日のお祝い……」

そう申し出てくれた美女店員は、洋のジーンズのファスナーを引き下げた。

パンツの中で期待に震えるペニスが、麗菜を狙うようにぼろんと零れ出る。

「えっ？　おわっ、れ、麗菜？」

こうして彼女が率先して奉仕してくれるのは初めてのことで、洋がどぎまぎするのも当然だった。

「ああ、こうしてみると本当に大きいのですね……」

赤く膨れ上がった先端から、先走り汁があふれ出ている。

麗菜がそっと舌先で鈴口を湿し、カリ首に舌を這わせる。

「ぐああ、れ、麗菜ぁ！」

はじめのうちは躊躇《ためら》いがちであったその行為も、すぐに熱を帯び、甲斐甲斐しい奉仕を繰り返す。ついには瑞々しい唇が開き、亀頭部から咥え込んでくれた。

「ぐおおお、麗菜、気持ちいいよ……。どうして？　どうして清楚な唇で、こんな淫らなことができるの？」

　洋は座ったまま両手を伸ばし、愛してやまない麗菜の胸元を制服の上からまさぐった。驚いたことに、制服の下はノーブラであると、手応えで知れた。

「ふぐん……そ、それは洋さんのせいです……ぢゅずるるっ……あなたのためなら、麗菜はどんなに淫らなこともできます……ぶちゅじゅるる……」

　羞恥の言葉を口にして、女体を燃え上がらせる麗菜。その証拠に、ノーブラのふくらみが、その乳首を固くしこらせている。

「ん、んんっ……ぶじゅぢゅちゅっ……ああ、おっぱい感じます……ぐぶちゅちゅっ……洋さんがこんなに敏感な身体にさせたのですよ……ぢゅぶぢゅぢゅちゅっ……」

　胸元を襲う快美感に苛まれ、上体をくねらせながら、その切なさを勃起にぶつけてくる。

　だが、すっかり技巧を身につけた洋も、巧妙に女体を責める。緩急をつけて乳房を揉み潰し、シャツの上から指先で乳首を薙《な》ぎ払う。どうすれば麗菜が感じるか、彼女の弱点を知り尽くしているため、その発情を促すのはたやすい。

「んんっ！」

洋は裸足の爪先を短めのスカートの中に潜り込ませ、ピンと立てた親指で、媚肉のあたりを攻略しはじめる。細腰が引かれるのを追いかけ、ぐりぐりとまさぐった。もちろん、さほど器用ではない足の指で的確な攻めには程遠い。けれど、その分、もどかしいような、切ないような淫波が襲うはずなのだ。

「ああん、いけない悪戯ばかりして……。い、いけません……。麗菜が、集中できなくなりますぅ」

肉塊を吐き出した美貌が、拗《す》ねたように詰る。その可愛さ、色っぽさに、彼女の鼻先で、ぎゅんと勃起を跳ね上げた。するとまた、いかにも愛おしげに「ああんっ」と鼻声をあげながら、咥え直してくれるのだ。

さらに足指をむぎゅっと押すと、じゅわわっとパンティから粘り気が滲む。洋の勃起がたまらなく愛おしく、唇で触れているだけで、肉体の奥底から熱い昂ぶりが込み上げてくるのだろう。その証拠が、このパンティの濡れシミなのだ。

「ふむううっ、ほふうう、うううっ……ぐちゅちゅびちゅっ……あふおおっ」

女芯を足指でほじるたび、くぐもった喘ぎと、卑猥な水音が交差する。

とろんと蕩けた瞳は、ともすれば悦びに身を任せたくなるようで、口がおろそかになる。洋はそんな彼女の頭に手を添え、吸い上げる動きを手伝った。

「ああ、麗菜っ……麗菜ぁっ……！」

うっとりとつぶやくと、勢いづいた麗菜がさらに抽送を速める。

頬が窪むほどきつく吸いつけ、皺袋にも手指を運んで、やわやわと揉み上げてくる。どこで覚えてきたのかと思うほどの技巧。それでいて初々しくも健気な口淫に、さすがの洋も崩壊の瞬間を迎えた。

「ぐあっ、い、イクっ！」

短く呻くと、逞しい牡シンボルを口腔でさらに膨らませた。待ち構える喉奥に、ドドドッと白濁液を流し込む。

「ふぬぅっ……」

咳き込みそうになるのを必死でこらえ、洋の欲望の印を飲み下してくれる。しかも、彼女は、白濁にまみれた亀頭を隅々まで舐めしゃぶり綺麗にしてくれるのだ。急速にしぼんでいく肉棒を、ひくんひくんと跳ねさせ、洋は悦びを伝えた。

甲斐甲斐しいお掃除が済んでも、洋の悦びが、そのまま麗菜の歓びであるかのように、その場に座り込んだまま余韻に浸っている。

ピンポーン——と、部屋のインターフォンが鳴ったのは、その時だった。

「ひっ！」

声にならない悲鳴をあげ、麗菜がその場に凍りついた。いけない行為を見咎《みとが》められたとでも感じたのだろう。

「はーい。はい。はい。ちょっと待ってくださいね」

洋もまた突然の来客に動揺を隠せず、やみくもに大声で返事をした。大慌てで、唾液まみれの半勃《はんだ》ちペニスをしまいこみ、インターフォンを取り上げた。

あたふたと麗菜も、短いスカートの裾を直し、ソファに腰かけると、胸元に手を当てて居住いを正している。

「はい、はい？」

あらためてインターフォンに向かって返事をしながら、麗菜に笑って見せた。

「洋くん。ちょっと良いかしら？」

来客は隣室の理紗だった。

「ああ、理紗さん？　ちょ、ちょっと待ってください。今、玄関に行きます」

頬を紅潮させている麗菜に目配せして、洋は玄関へと向かった。

玄関ドアを開けると、人妻然とした様子で、理紗が立っていた。

「こんにちは、洋くん。お誕生日おめでとう。これ私が作ったの、よかったら食べて。うふふ、彼女が来ているのでしょう？」

一方的に理紗が言葉をかけてくるので、いま一つ会話にならない。照れくささもあってどうリアクションすればよいのか判らなくもあった。

「あ、ありがとうございます。理紗さん……」

とりあえず差し出されたお皿には、美味そうなから揚げが山盛りで載せられている。

「うわっ、美味そう！」

すでに理紗には、麗菜のことを紹介してある。ばったりとマンションの廊下で、出くわした時にだ。

「よかったわね。カワイイ彼女ができて……。大丈夫、お邪魔はしないから」

声を潜め訳知り顔で頷く理紗に、たまらず洋は苦笑した。

「洋くんたちにあてられたのか、うちの主人、最近積極的に私を求めてくるの。お蔭で、夫婦仲も睦《むつ》まじくなったわ」

どうやら麗菜がお泊りをしたとき、奔放な喘ぎが隣に漏れ聞こえていたらしい。

「ちゃんと彼女を可愛がってあげるのよ。今夜もお泊り？　うふふ、私もたっぷり夫に可愛がってもらえそうね。それでは、お邪魔しました」

真っ赤にさせた洋の頬を、理紗の朱唇がちゅっと掠め、そのまま人妻は退散した。

麗菜とつきあって以来、久方ぶりに触れた他の女性の唇の感触だった。

（初めての女性が理紗さんで、よかった！）

あらためて洋は、理紗に感謝した。美衣や美奈子、由乃にも。

美衣は、近々コンビニを辞めることになっている。

「洋くんのような、赤ちゃんが欲しいの」と、ご主人との子づくりに励むつもりらしい。

美奈子にも転機が訪れている。彼氏とはケリをつけ、以前から計画していたイギリス留学の準備に忙しいようだ。

「しっかりとクイーンズ・イングリッシュを勉強してくるつもり。由乃先生に負けないくらいになりたいの……」と、キャリアアップの目標を披露してくれている。

その目標とされた由乃も、教職に復帰するめどが立ったと教えてくれた。

「また洋くんのような生徒と出会いたいわ……」

彼女たちと距離ができることに寂しさもあったが、失ったもの以上のものを得ることができ、充実した日々を送っている。

全ては彼女たちのお蔭であり、麗菜の存在も大きい。

「うわあ、焦っちゃったね……。でも、ほら理紗さんが、美味そうなから揚げを差し入れしてくれたよ」

さっそく、洋はから揚げをひとつ頬張った。

劣情を放出したおかげで、腰のあたりがすっきりしている。

対照的に麗菜は、やるせない思いを抱えているようだ。中途半端に愛撫を受け、喉奥性感を太マラで刺激されたのだから、ブスブスと官能が燻《くすぶ》っていて不思議はない。

「ああ、ねえ、洋さん……。ひどいです。麗菜をこのまま放って置くつもりですか？」

色っぽく潤んだ瞳が、恨めしげにこちらを見つめる。よほど疼かせているのか、愛らしく太腿を擦らせてさえいた。

「えーっ。だって、理紗さんに声が漏れ聞こえるって笑われたよ……。麗菜のHな声、昼間から聴かれてしまってもいいの？」

わざと意地悪なことを言って麗菜を辱めてやる。それでいて洋は、彼女に体を寄せながら、やさしく胸元をまさぐった。

「あっ、あっ……ああっ」

ぶるぶるぶるっと女体を震わせ、全身に広がる悦びを堪えきれずにいる麗菜。それをよいことに、ふくらみを上を下へと揉みあげ、その美しいフォルムを崩してやる。

「ほらぁ、声を聞かれるって……。まあ、いいか。聴かせちゃおうか……。じゃあ、麗菜、どういうHがしたい？」

「どうって……。もう洋さん、本当に意地悪です……。じゃ、じゃあ、恥ずかしいですけど、麗菜が上になってもいいですか？」

珍しく直截《ちょくせつ》な物言いに、淫情にその身を焦がしながらも、未だ洋に奉仕してくれるつもりなのだと気がついた。そうと判れば遠慮はいらない。おもむろに自らの着ているものを脱ぎ捨てた。

「ほら、あげるからおいでよ、麗菜っ！」

全裸になった洋は、再びソファに腰を落として両手を広げた。

「は、はい……」

麗菜の表情がぱっと華やいだ。

細腰のあたりに手をあてて、スカートのファスナーを下げはじめた。

「あ、待って。そのままで。パンティだけ脱いでさ……」

せっかくだから制服姿の麗菜を抱きたい。そんな洋の欲求を賢い麗菜はすぐに承知して、恥ずかしそうにこくりと頷いた。

ミニスカートを少したくし上げ、パンティだけをずり下げる姿は、じっくりと視姦する価値のある艶めいたもので、たちまちのうちに下腹部に血が集まってくる。

「洋さんのおち×ちんをください。麗菜のおま×こを好きなだけ突いていいですからね」

あっという間にそそり立つ肉塊に、ゆっくりと麗菜が近づいてくる。

「ああ、この大きなおち×ちん、大好きです……」

ソファの上の洋の腰部に、跨るようにして麗菜が覆いかぶさる。

「突いてあげるよ。たくさん掻きまわしてあげる。だから麗菜も、淫らなイキ顔、見せるんだよ！」

ミニスカートからにょっきりと伸びるピチピチの太腿。その付け根の媚肉がぱっくりと口を開け、漲《みなぎ》り勃《た》つ肉塊にすり寄ってくる。

濡れ粘膜が亀頭部にまとわりつき、くちゅんと滑る。

「あうん！」

熱く、やわらかく、そして途方もなく気持ちいい感触が、一ミリ一ミリ亀頭部から肉幹を包み込んでいく。甘い息が、悩ましい響きを伴って洋に吹きかけられる。

「ああん。嬉しいです……。また、洋さんとひとつに……」

感慨深げな声で呟き、麗菜が精一杯に美脚を広げる。あからさまになった花びらが、ぶっすりと肉塊を咥え込んでいる。

華奢な麗菜の腕が首筋にしがみつき、むぎゅりと抱きしめられた。制服越しであっても、ノーブラのふくらみが十分な弾力を感じさせてくれる。愛するおんなに抱かれるしあわせに、洋は心から酔い痴《し》れた。

至近距離にある瞳を見つめあい、自然と唇を求めあう。舌同士をもつれあわせ、ディープキスを施しながら、洋は肉溝に手を這わせ、小粒ながらも敏感なクリトリスを指先で探り、やさしくほころばせてやる。

「はっ、はあっ……。ふぬぅ、んあっ……だ、だめですぅ……ぬふぅ、ん、んんっ」

花芯でうねくる指先と洋の顔を交互に見つめながら、愛らしくもくぐもった媚声を発する麗菜。勃起を咥え込んだ膣穴を蠢かせ、ますます匂い立つ淫汁を溢れさせ、快感を露わにしている。

発情の極みにいる彼女を歓喜させるには充分だったようだ。ぐぐっと腰を突き出し膣路に勃起を穿ち込み、愛液をまぶした指先でクリトリスを擦るだけで、呆気《あっけ》なく麗菜は臨界に達してしまった。

「ああん、イクっ！　れ、麗菜、もうイキそうですうぅ……おぉ、あぉ、おおん！」

自ら迎え入れたとの想いも感度を高めるのか、わなわなと女体を震わせ、息むような声をあげ、あっさりと気をやっている。

ろだろう。


「うそっ！　もうイッちゃったの？」

とはいえ、本番アクメとはほど遠い、細波《さざなみ》のような初期絶頂だったらしい。肉体の快楽に浅く溺れつつ、愛する牡との甘い時間に酔いしれ、精神的にイッたというところだろう。


しかしその痴態は、一度放出した洋を再び昂ぶらせるに十分なものだった。

「くうっ！　れ、麗菜、たまらないよ！」

洋は懸命にまとわりつく麗菜を力で引き剝がし、その太腿を持ち上げるようにして、抽送を開始させた。

ぢゅぶちゅちゅっ——。軽い女体が持ち上がると共に、猥褻《わいせつ》な水音が湧き起こる。

亀頭が抜け落ちる寸前、腕の力を抜くと、女陰が重力のままに落ちてくる。

「きゃうっ！」

あまりに激しく膣肉を抉られ、さすがに麗菜が悲鳴をあげた。

「ごめん。大丈夫、麗菜？」

切なく呻く麗菜に、心配になった洋が尋ねた。

「だ、大丈夫です……。ちょっぴり辛かったけれど、気持ちいいのもありますから」

その言葉通り、彼女の割れ目は貪欲に開き、まるで生き物のように息づいて、緩んでいる。しかも、発達途上にある肉襞が、うねうねと肉塊に絡みつきくすぐってくる。

「あはは、麗菜は、どんどんいやらしい身体になっていくね」

「ああ、いやらしい身体だなんて、そんな……。麗菜は、洋さんに悦んでほしいだけで……」

自らの猥褻な言葉にハッと気付いた彼女は途中で言葉を呑んだ。

「うん。判ってるよ。麗菜は俺だけのものだよ！　俺の前でだけエロくなればいいからね」

女陰が支配される歓びに、わなないた。

「お願いです、また動かしてください……。麗菜のおま×こ、いっぱい突いてくださ い」

甘くせまる彼女に応え、再び洋は桃尻を鷲掴みにした。そのやわらかなヒップを抱きかかえるように持ち上げ、ずるずるっと肉刀を引き抜くと、今度は押し戻すようにしてぐぢゅぢゅぢゅっと埋め戻した。

「はひっ、ああ、す、すごいですっ……。浮いているみたいいっ」

啼き乱れる麗菜に、洋の射精衝動も煽られる。

喉をうならせながら洋は、華奢な肉体を持ち上げると、上下の態勢を入れ替え麗菜のお尻をソファに着地させた。

正常位となった洋は、制服の前ボタンを外し、容《かたち》の良い乳房をはだけさせる。

「あうぅっ……。おおぉん、あ、あぁあぁっ……」

汗まみれの乳房を掌で鷲摑みに絞ると、燃えるような吐息が朱唇から零れ落ちる。火照った肉体は、もはや啼き声をあげるためだけのスイッチと化していた。

「いいですっ、あぁ、洋さん大好きですっ！　ああん、すごいぃ〜っ！」

多幸感に酔い痴れながら洋は、苛烈《かれつ》な腰つきに変動させた。

射精のためのラストコーナーを回り、ストレートな抜き挿しを繰り返す。身も世もなくよがり狂う麗菜をひたすら突きまくる。

「あぁ、きちゃいます……。くふん、あ、あぁあぁ、洋さん……麗菜、いっちゃううううぅ〜っ！」

切羽詰まった表情が、頬を強張らせ訴えかけてくる。洋と共に達したいと、表情で告げているのだ。同時に、ヴァギナがきゅんっと窄まった。肉体もまた洋の精液を搾り取ろうと、締め付けている。

「うおおっ、いい。麗菜のおま×こ、締め付けが強くなった……俺も、イクよっ！」

官能の電流が背筋を走り、射精衝動が限界になった。

「うれしいです。一緒に、洋さん、一緒にぃ……！」

「うん。一緒にいこう。麗菜、俺たち、いつまでも一緒だよ」

込み上げるやるせなさに、皺袋が発火した。ぐぐっとソファの上に女体を折り曲げさせ、深挿しに埋め込んで肉勃起を胎内で爆《は》ぜさせた。

尿道を遡《さかのぼ》る白濁。込み上げる劣情と共に、ありったけの精子を膣内に流し込む。

「ぐあああ、麗菜、れなぁっ！　ああっ、れなぁ～っ！」

「ああ、イクっ！　洋さぁ～んっ!!」

互いの名を呼びあって極めつくすふたり。洋が射精痙攣に総身を震わせると、麗菜も女体をわななかせる。

官能に肉体を燃やし尽くすと、穏やかなしあわせがじんわりと胸に拡がった。

(財布のおみくじは、そろそろ焼いてしまおうか。もう必要ないよな……)

麗菜との夢のような時間を永遠に続けるには、おみくじを焼くことが、儀式として必要であると、なぜか洋には思われた。


(了)

※本作品はフィクションです。作品内に登場する
団体、人物、地域等は実在のものとは関係ありません。

※本書は2015年2月に小社より刊行された『美惑のサイン』を一部修正した新装版です。

長編官能小説

美惑《びわく》のサイン〈新装版〉

2024年5月16日初版第一刷発行

著者……………………………………………北條拓人

デザイン………………………………………小林厚二

発行所…………………………………株式会社竹書房

〒102-0075 東京都千代田区三番町8-1

三番町東急ビル6F

email：info@takeshobo.co.jp

竹書房ホームページ https://www.takeshobo.co.jp

印刷所……………………………中央精版印刷株式会社

■定価はカバーに表示してあります。

■落丁・乱丁があった場合は、furyo@takeshobo.co.jp までメールにてお問い合わせください。